JOUEZ AVEC LES TONTONS FLINGUEURS

Création couverture et maquette :
Élisabeth Chardin

44, quai Henri IV – 75004 Paris
ISBN : 978-2-38094-465-5
Dépôt légal : novembre 2023

JOUEZ AVEC LES TONTONS FLINGUEURS

400 QUESTIONS ET JEUX

(dont certains façon puzzle)

Y a de la pomme !

nouveau monde
ÉDITIONS

LE TON DES TONTONS

L'une des principales qualités d'un film-culte réside dans sa capacité à réunir autour de lui une sorte de grande famille. Qu'on les appelle les *fans*, les *aficionados*, les *accros* ou les *inconditionnels*, peu importe. Seule compte leur ferveur. Ils s'échangent des répliques, se balancent des références, pastichent des personnages, revivent certaines scènes... Bref, ils s'amusent !

Pourtant, cet amusement, aussi fervent soit-il, n'est qu'un survol. Chacun se croit imbattable, incollable, indécrottable mais les erreurs fusent, les confusions provoquent des chausse-trapes, les pièges explosent à la figure des plus audacieux. Tout cela fleure l'amateurisme de bon aloi avec des effluves de kermesse de quartier.

Il est temps de passer aux choses sérieuses.

Enfin pas si sérieuses que cela puisque le but reste encore et toujours de s'en donner à cœur joie en bonne compagnie. Mais, désormais, sur des bases solides, des questions en béton armé.

Connaît-on vraiment *Les Tontons flingueurs* ?

Pour le savoir, il est indispensable de plonger dans ce livre. Il ne s'agit plus de délirer autour de diverses séquences mais de vérifier l'état de sa mémoire. Car un film fourmille de détails à l'image et dans les dialogues. Or, certains échappent à la vigilance la plus aigüe, même après avoir vu et revu le film.

Voici donc le premier livre-jeu autour de l'une des œuvres les plus cultes du répertoire cinématographique français. Le nec plus ultra. Le dessus du panier. Son but n'est pas de faire briller les plus fortiches mais de s'en payer une bonne tranche, seul ou avec des camarades. À l'image d'un film dont le but n'a jamais été de montrer la vraie vie des gangsters mais de déconner à gros bouillon. Et il y a réussi. Ô combien !

400 questions et jeux tous azimuts. Rien que ça !

À ne traiter que dans la bonne humeur et sans modération, d'autant qu'il est impossible de faire un sans-faute (même en trichant ou en faisant preuve d'une évidente mauvaise foi). Les prétentieux sont priés de prendre un train qui ne les mènera nulle part. Les autres se rendront compte qu'ils ont encore beaucoup à apprendre de ces tontons aux flingues si agités.

AVANT DE COMMENCER

Les Tontons flingueurs est un film français (produit par Gaumont) sorti sur les écrans le 27 novembre 1963. Depuis, il est devenu l'une des rares œuvres vraiment cultes du 7e art made in France.

Afin de mieux aborder les 500 questions et jeux à venir, quelques éléments de rappel :

Le réalisateur : Georges Lautner

Le scénariste : Albert Simonin, d'après son roman *Grisbi or not grisbi* (1955)

Le dialoguiste : Michel Audiard

Les acteurs principaux :

– Lino Ventura (Fernand Naudin)

– Bernard Blier (Raoul, l'aîné des Volfoni)

– Francis Blanche (Me Folace)

– Sabine Sinjen (Patricia)

– Claude Rich (Antoine Delafoy)

– Robert Dalban (Jean, le larbin)

– Jean Lefebvre (Paul, le cadet des Volfoni)

– Horst Franck (Théo, le spécialiste en alcool non homologué)

– Georges Nojaroff (Vincent, « l'ami » de Théo)

– Venantino Venantini (Pascal, le flingueur)

– Jacques Dumesnil (Louis « le Mexicain »)

– Dominique Davray (Mme Mado)

– Pierre Bertin (Adolphe-Amédée Delafoy, père d'Antoine)

– Paul Mercey (Henri, le patron du bowling)

– Charles Regnier (dit Tomate, le patron de la Petite ferme)

– Georges Nojaroff (Vincent, le petit ami de Théo)

– Mac Ronay (Bastien, première gâchette chez Volfoni)

– Henri Cogan (Freddy, le gros bras au service de Théo)

RÉSUMÉ

Fernand Naudin se serait bien contenté de continuer à gérer son entreprise de matériel agricole à Montauban. Seulement, il a le sens de l'amitié dans le sang, ce qui lui est parfois néfaste.

Voilà que son vieux pote Louis le Mexicain l'appelle à Paris, et fissa. « Présence indispensable » lui impose un télégramme, après quinze ans de silence. Alors il monte à la capitale pour recevoir à la fois le dernier souffle du Mexicain, la gestion de son empire peu porté vers l'honnêteté et un lot de soucis avec des messieurs qui ne lui valent pas que du bien.

En priorité, Fernand doit s'occuper de la fille du Mexicain, Patricia, charmante écervelée qui ne connaît rien des activités illégales de son défunt géniteur et qui est affublée d'un fiancé porté sur les circonvolutions intellectuelles. De plus, elle ne paraît pas empressée de poursuivre ses études. Grâce au notaire Me Folace et à un majordome aux allures faussement british, Naudin va mettre bon ordre dans tout ça.

Seulement, dehors, les ennuis s'accumulent : un tripot clandestin qui part à vau-l'eau, des dames de petite vertu qui n'ont plus le cœur à l'ouvrage, un fabricant d'alcool de contrebande qui renaude et, surtout, un duo de frères, les Volfoni, qui se seraient bien vu patrons de l'empire.

Un bourre-pif par ci, un coup de gueule par là, quelques coups de feu pour agrémenter le tout vont avoir raison de tout ce petit monde. Et dans la meilleure tradition des belles histoires à narrer le soir au coin du feu, tout cela se termine par un mariage.

GÉNÉRIQUE DE DÉBUT

À quoi sert un générique ? À dévoiler les noms des personnes ayant travaillé sur le film (mais pas toutes). Et, accessoirement, à rappeler le titre du film pour les distraits qui se seraient trompé de salle, de chaîne de télévision, de cassette VHS, de DVD, de Blu-ray ou de streaming...

❶ Après quelle durée de film, le générique démarre ?

1 mn 25 sec — 2 mn 35 sec — 3 mn — 4 mn 10 sec

❷ Remettez les noms des acteurs dans l'ordre d'apparition au générique :

Francis Blanche — Bernard Blier — Claude Rich — Lino Ventura

❸ Quel est le seul nom encadré dans ce générique ?

Michel Audiard — Georges Lautner

Lino Ventura — Bernard Blier

❹ Le titre du roman d'où est tiré le scénario des *Tontons flingueurs* ?

Touchez pas au grisbi — *Gare au grisbi*

Grisbi or not grisbi — *Le grisbi fait grise mine*

❺ Le numéro de visa du film ?

27 393 — 36 841 — 40 129 — 55 669

RÉPONSES : 1 : 1 mn 25 / 2 : Ventura, Blier, Blanche, Rich / 3 : Michel Audiard / 4 : *Grisbi or not grisbi* / 5 : 27 393

MONSIEUR FERNAND

L'exilé, l'éloigné de tout, de Paname et de ses tentations, des truands et de leurs coups foireux. Il a changé de vie, viré pépère. On l'imagine presque jouant au tiercé le samedi et coupant le gigot le dimanche. Mais ce qui n'a pas changé c'est son caractère. Pas un câlin, le Fernand…

❶ Depuis combien de temps vit-il à la campagne ?

7 ans — 10 ans — 12 ans — 15 ans

❷ La marque de son eau de toilette ?

Aqua Velva — Brut de Fabergé

Eau Sauvage — Pour Monsieur

❸ Que mange-t-il (seul) en écoutant une sonate de Corelli ?

Un hot-dog — Un jambon-beurre

Une aile de poulet — Une part de pizza

❹ Le nom du journal qu'il lit ?

Le Figaro — *France Soir* — *Le Parisien Libéré* — *Le Monde*

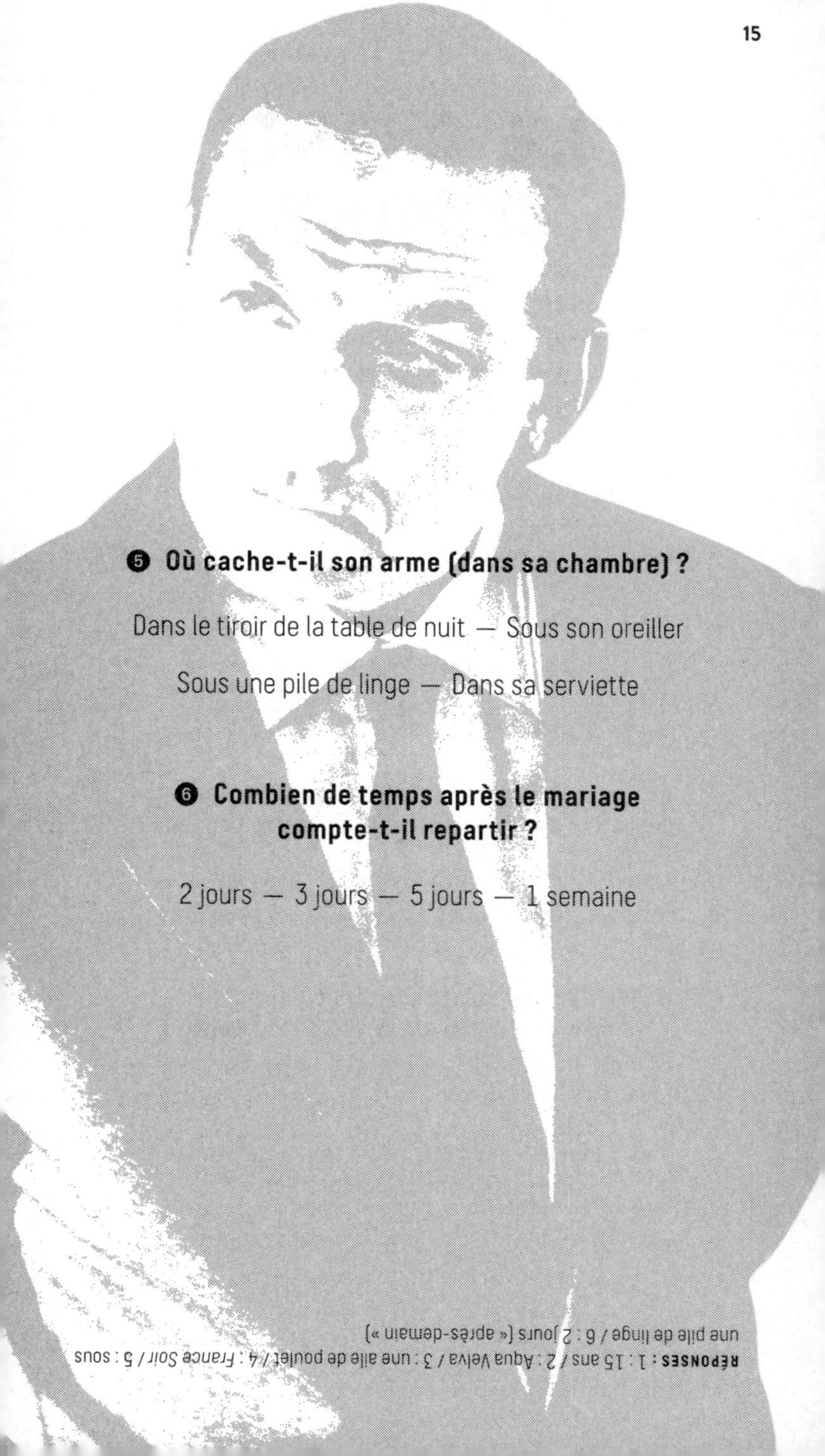

❺ Où cache-t-il son arme (dans sa chambre) ?

Dans le tiroir de la table de nuit — Sous son oreiller

Sous une pile de linge — Dans sa serviette

❻ Combien de temps après le mariage compte-t-il repartir ?

2 jours — 3 jours — 5 jours — 1 semaine

RÉPONSES : 1 : 15 ans / 2 : Aqua Velva / 3 : une aile de poulet / 4 : *France Soir* / 5 : sous une pile de linge / 6 : 2 jours (« après-demain »)

LE GRAND DÉPART

Fernand Naudin s'installe dans sa voiture pour monter à la capitale. Une longue route l'attend au bout de laquelle il va retrouver un vieux pote sur le déclin et une tonne d'emmerdements. C'est aussi ça l'amitié…

❶ Pourquoi, selon son contremaître, ce départ « tombe mal » ?

Parce que Fernand sort de grippe

Parce qu'il doit se rendre à une foire

Parce qu'il est en plein contrôle fiscal

Parce qu'il se marie à la fin de la semaine

❷ Avant de partir, Fernand range son paquet de cigarettes dans une poche de sa veste. Laquelle ?

Extérieure droite — Extérieure gauche

Intérieure droite — Intérieure gauche

❸ Par quel numéro se termine la plaque d'immatriculation de la 404 de Fernand ?

13 — 59 — 69 — 82

❹ Selon Fernand lui-même, quelle distance parcourt-il pour rejoindre Paris ?

500 km — 750 km — 850 km — 900 km

RÉPONSES : 1 : parce qu'il se rend à la foire d'Avignon / 2 : intérieure droite / 3 : 82 (immatriculation du Tarn et Garonne) / 4 : 900 km (« 900 bornes », ce qui paraît un peu exagéré !)

TROUVEZ L'INTRUS
SPÉCIAL MOTS D'ARGOTS

Dans chaque rubrique, un mot n'est pas présent dans le dialogue. Lequel ?

1. ARTICHE — CARBURE — FLAMBE
2. DESSOUDER — ESTOURBIR — REPASSER
3. BAVEUX — PERDREAUX — TOUBIB
4. COLTINER — ENGOURDIR — CAMOUFLER
5. POGNON — FRIC — THUNE

RÉPONSES : 1 : artiche
« Oh, les Amériques c'est chouette pour prendre du carbure » Louis
« Plus trente briques de moyenne par an sur le flambe » Raoul
2 : estourbir
« C'est devant chez elle que Lucien le Cheval s'est fait dessouder » Raoul
« C'est les mecs qui étaient à la traîne qu'ont été repassés » Fernand
3 : baveux
« Sa fille recherchée par les perdreaux ? » Fernand
« Merci, toubib. Merci pour tout » Louis
4 : camoufler
« J'ai coltiné les bagages » Le chauffeur de taxi
« Ces mecs auraient quand même pas la prétention d'engourdir le pognon de ma nièce, non ? » Fernand
5 : fric
« Si c'est notre pognon qu'ils sont en train d'arroser » Raoul
« Ben moi, je dis que je lâcherai plus une thune ! » Raoul

LE BOWLING

Le lieu de la première vraie rencontre entre Fernand et ses nouveaux associés. Celle-ci se passant au petit matin, l'endroit est encore vide de clientèle, ce qui n'empêche pas Pascal et Vincent de secouer séparément la boule… de bowling.

❶ Dans quelle avenue de Paris se situe le bowling ?

Victor Hugo — Champs-Élysées — Montaigne — George V

❷ Combien de pistes ?

8 — 12 — 14 — 16

❸ À quoi jouent Henri et Raoul quand Fernand arrive pour la première fois ?

Dames — Échecs — Cartes — Monopoly

❹ Quel « objet » ne se trouve pas dans le bowling ?

Téléphone — Jeu électronique — Canapé — Tabouret

❺ Le numéro de téléphone du bowling ?

Balzac 44-05 — Bolivar 66-03

Marcadet 17-29 — Odéon 26-03

❻ Où se trouve la cabine téléphonique ?

À gauche du comptoir — À droite du comptoir

Derrière le comptoir — Au sous-sol

RÉPONSES : 1 : Champs-Élysées (en réalité le bowling se situe à Fontenay-sous-Bois) / 2 : 16 pistes / 3 : Aux cartes / 4 : Un canapé (le jeu électronique appelé Rallye de France est un dérivé du flipper) / 5 : Balzac 44-05 / 6 : à gauche du comptoir

VRAi OU FAUX ?

❶ **On voit des enfants dans le film ?**

❷ **On y voit des chiens ?**

❸ **On y voit un (vrai) cheval ?**

❹ **On y voit une bonne sœur marcher dans la rue ?**

❺ **On y voit des policiers en uniforme ?**

❻ **On y voit un robinet à tête de dragon**

❼ **On y voit des voitures américaines**

RÉPONSES : 1 : vrai (deux enfants de chœur, mais aussi des enfants devant l'église, et un très jeune enfant dans une poussette quand la voiture de Pascal s'arrête au feu rouge / 2 : vrai (un chien au loin quand Fernand arrive à la Petite ferme, et un chien tenu en laisse tenu par un enfant devant l'église) / 3 : faux / 4 : vrai (quand la voiture de Pascal s'arrête au feu rouge) / 5 : vrai (autour du cadavre d'Henri) / 6 : vrai (dans l'appartement d'Antoine) / 7 : vrai (notamment une Buick lors de l'attaque à la Petite ferme et une Chevrolet devant la villa lors de la surprise-partie)

FAÇON PUZZLE

Les mots de Raoul Volfoni se sont éparpillés.
Pour apprécier cette tirade à sa juste valeur, il faut d'abord les remettre dans l'ordre...

RÉPONSE : « Mais il est complètement fou, ce mec. Mais, moi, les dingues, je les soigne. Je m'en vais lui faire une ordonnance. Et une sévère. Je vais lui montrer qui c'est Raoul. Aux quatre coins de Paris, qu'on va le retrouver, éparpillé par petits bouts, façon puzzle. Moi, quand on m'en fait trop, je correctionne plus, je dynamite, je disperse, je ventile. »

LOUIS

L'homme par qui tout arrive. Sans lui, Fernand Naudin serait resté à Montauban et les Volfoni auraient continué leurs magouilles sans craindre les foudres du « gugusse ». Mais le revoici à l'article de la mort, laissant derrière lui un lourd et malhonnête héritage, ainsi qu'une « mouflette », Patricia.

❶ Depuis combien d'années a-t-il quitté la France ?

5 ans — 10 ans — 15 ans — 20 ans

❷ Pourquoi était-il parti ?

Pour raison de santé

Sous le coup d'une interdiction de séjour

Expédié au bagne de Cayenne

Poursuivi par des malfaisants

❸ Où était-il parti ?

Australie — Chine — Norvège — Mexique

❹ Pourquoi est-il revenu ?

Mettre de l'ordre dans ses affaires

Revoir la Tour Eiffel

Être enterré près de ses parents

Revoir sa fille Patricia

❺ Selon Mme Mado, comment réagissait Louis quand on lui demandait une augmentation ?

Il ricanait

Il virait l'outrecuidant

Il sortait son flingue

Il signait un chèque en bois

RÉPONSES : 1 : 15 ans / 2 : interdiction de séjour / 3 : Mexique. En réalité, Louis parle des « Amériques », mais son surnom reste Louis le Mexicain / 4 : pour être enterré près de ses parents / 5 : « Il sortait son flingue avant que t'aies fini ! »

RENCONTRE AU SOMMET

Louis le Mexicain va bientôt clamser. Il a convoqué ses principaux employés pour leur annoncer le nom de son « héritier ». Cette courte réunion au sommet a lieu dans sa chambre. Pour rappel, les « invités » sont Fernand, Raoul Volfoni, Paul Volfoni, Théo, Vincent, Pascal et Henri.

(attention, plusieurs réponses sont parfois possibles !)

❶ Quand Pascal ouvre la porte, qui est le premier à entrer dans la chambre ?

....

❷ Qui fume ?

....

❸ Qui porte une moustache ?

....

❹ Qui ne porte pas de cravate ?

....

❺ Qui espérait succéder au Mexicain ?

....

❻ Que dit Raoul en quittant la chambre ?

....

RÉPONSES : 1 : Henri / 2 : Fernand / 3 : personne (à part Louis sur son lit !) / 4 : Henri et Paul / 5 : Raoul / 6 : Rien !

LA CHAMBRE DE LA MORT

Cette fois, Louis est en train de passer l'arme à gauche. Ses dernières forces, il les consacre à balancer ses derniers ordres. Mais faut pas se berlurer, l'article de la mort est déjà signé. Décor du passage de la vie à trépas pour le Mexicain : une chambre parisienne.

❶ Que cache Louis sous ses draps ?

Une bouteille de whisky — Un livre de comptes

Deux flingues — Une photo

❷ Quelle bouteille se trouve près de son lit ?

De l'eau minérale — Du champagne — Du whisky — Du sirop

❸ Quand Fernand entre dans la chambre, qu'est en train de faire Louis ?

Recevoir une piqûre — Faire examiner sa gorge

Avaler un médicament — Fumer un cigare

❹ Quel établissement parisien évoque Fernand en parlant à Louis ?

Le Moulin Rouge — L'Alcazar

Les Folies Bergères — Le Lido

RÉPONSES : 1 : deux flingues / 2 : du champagne (dans un seau) / 3 : une piqûre / 4 : le Lido

MICHEL AUDIARD

Une casquette à carreaux sur la tête, une cibiche au coin de la bouche et un stylo dans la main, tel était Michel Audiard. Un dialoguiste exceptionnel. Souvent imité, jamais égalé. Le cinéma français lui doit beaucoup, *Les Tontons flingueurs* lui doivent énormément.

❶ Détestant le titre *Les Tontons flingueurs*, lequel suggéra-t-il ?

Les Canards sauvages — *Le Terminus des prétentieux*

La revanche des cloportes — *À toi de faire, mignonne*

❷ Avec quel acteur n'avait-il encore jamais travaillé ?

Robert Dalban — Claude Rich

Francis Blanche — Bernard Blier

❸ Son plus gros succès au box-office français ?

Flic ou voyou — *Mélodie en sous-sol*

Archimède, le clochard — *Les Trois Mousquetaires*

❹ Quel acteur des *Tontons flingueurs* retrouve-t-il dans *Une veuve en or* ?

Bernard Blier — Jean Lefebvre

Paul Mercey — Claude Rich

❺ Le dernier dialogue de film qu'il a « officiellement » signé ?

Garde à vue

Le Marginal

La cage aux folles 3

On ne meurt que deux fois

HOMMAGE

« Il est écrit dans *Les Contes des mille et une nuits* que "la mort peut t'oublier un jour, mais elle ne t'oubliera pas le lendemain". Je ne crois pas être un lâche et pourtant la mort me panique, surtout quand elle vient rôder autour de mes amis. Michel avait le courage de dire ce que tout le monde pense tout bas. Seulement, lui le disait avec son esprit, avec sa brillance. Ce n'était pas acide, jamais. Dans les moments, même les plus décontractés, dans les histoires qu'il racontait, je trouve que Michel Audiard n'a jamais été vulgaire et ça, ce n'est pas facile. »

Témoignage de Lino Ventura lors du décès de Michel Audiard, en juillet 1985.

RÉPONSES : 1 : *Le Terminus des prétentieux* / 2 : Claude Rich / 3 : *Les Trois Mousquetaires* (réalisé par André Hunebelle, 1953) / 4 : Claude Rich / 5 : *La cage aux folles 3*

MADE IN DEUSTCHLAND

Coproducteurs du film, les Allemands le sortent sous le titre *Mein Onkel, der Gangster* et mettent en avant les acteurs locaux que sont Sabine Sinjen et Horst Frank. La critique germanique est peu enthousiaste. La revue *Filme* souffle le froid et le chaud : « Parodie de films d'escrocs pas toujours d'un goût très sûr ni très spirituel, mais suffisamment réjouissante. »

TABERNAK

En août 1968, un jury composé de membres de la radio et de la télévision canadiennes, rend son verdict sur une série de films présentés dans le cadre de la Semaine cinématographique. *Les Tontons flingueurs* reçoit le prix du meilleur dialogue. Logique. Mais il partage ce prix avec *Adorable Julia*, film franco-autrichien dont les dialogues sont signés Pascal Jardin.

TOP CHEF

Lors de la sortie des *Tontons flingueurs*, les critiques ne furent pas toutes favorables. Une pourtant résume parfaitement le film et son impact. Elle est signée Claude Garson dans *L'Aurore* (28 novembre 1963).
« Les Tontons flingueurs c'est un cocktail de bons éléments adroitement dosés dont voici la recette :

1/ Prenez un excellent dialoguiste français : Michel Audiard
2/ Ajoutez le spécialiste de langue verte pour films policiers : Albert Simonin
3/ Faites entrer de bons acteurs : Lino Ventura, Bernard Blier, Francis Blanche, Claude Rich, Jean Lefebvre, Robert Dalban

Et vous êtes assurés du succès. »

On peut seulement ajouter que pour que cette recette soit succulente, il faut un grand chef : George Lautner !

UN AUTRE SIÈCLE

« Vous vous rendez compte que ce film est sorti en 1963 ? Cela veut dire que la plupart des gens qui le voient maintenant n'étaient pas nés quand on l'a tourné !... C'est quelque chose d'extraordinaire, un miracle. »

Georges Lautner

JEOPARDY

Une réponse pour chaque case…
Mais quelle est la question ?

48

1 .... ?

DUGONNEAU

2 .... ?

HAUT DE FORME

3 .... ?

PANTIN

4 .... ?

TAXIPHONE

5 .... ?

TOMATE

6 .... ?

RÉPONSES : 1 : Combien d'heures Fernand Naudin compte-t-il rester à Paris ? / 2 : Le nom de la clinique où se retrouvent les frères Volfoni ? / 3 : Quel chapeau porte Fernand Naudin à la cérémonie de mariage ? / 4 : Le cimetière où le Mexicain veut se faire enterrer (avec ses « vioques ») ? / 5 : Le type d'appareil téléphonique utilisé par Pascal et Bastien pour appeler Fernand ? / 6 : Le surnom du tenancier de La Petite Ferme ?

? KIFAIKOI ?

❶ **Qui conduit une moto ?**

....

❷ **Qui porte des lunettes ?**

....

❸ **Qui se retrouve dehors en même temps que les invités de la surprise-partie ?**

....

❹ **Qui parle anglais (ou, plus exactement, qui prononce des mots d'anglais) ?**

....

❺ **Qui porte un pull au-dessus de sa cravate ?**

....

❻ **Qui utilise un fume-cigarette ?**

....

❼ **Qui fume un cigare ?**

....

RÉPONSES : 1 : Vincent (une Triumph) / 2 : Paul Volfoni, Me Folace et Adolphe-Amédée Delafoy / 3 : Paul Volfoni / 4 : Jean, Me Folace, Antoine Delafoy, Patricia et même Fernand Naudin ! / 5 : Antoine Delafoy / 6 : Mme Mado et Me Folace / 7 : Fernand Naudin (chez Antoine Delafoy) et Paul Meurisse (devant l'église)

MADAME MADO

La seule femme dans cet univers de truands et de flingueurs. Spécialisée dans la bagatelle, elle connaît son métier sur le bout de ses ongles qu'elle a, finement taillés. On ne la voit qu'assise à une table de roulette mais on ne risque pas de l'oublier !

❶ Qui est assis à sa droite ?

....

❷ Que boit-elle ?

....

❸ Quel sont les premiers mots qu'elle dit à Fernand Naudin ?

....

❹ À quel poignet porte-t-elle sa montre ?

....

❺ Qu'est-ce qui, selon elle, devient « plus rare qu'une femme de ménage » ?

....

❻ Qui traite-t-elle de « vrai chef » ?

....

❼ **Que sert-elle à Fernand ?**

……………………………………………………

❽ **Quelle est la durée de sa présence à l'écran (entre sa première et sa dernière apparition) ?**

……………………………………………………

Mme MADO M'A DIT

Avant *Les Tontons*, Dominique Davray a déclamé plusieurs fois de l'Audiard : *Le Passe-muraille* (1950), *Maigret tend un piège* (1957), *Le Bateau d'Émile* (1961, avec Lino Ventura) et *Mélodie en sous-sol* (1962). Elle retrouvera une dernière fois les mots de ce dialoguiste pour *Les Bons Vivants* (1963) dans lequel elle devient Mme Blanche, l'épouse de Bernard Blier : « Dis pas de bêtises, Charles… Tu cafardes, tu neurasthénises… Tu ferais mieux d'avaler une bricole. » Elle jouera également cinq fois avec Louis de Funès. Dans *Le Tatoué* (1968), elle se distingue par ses rires intempestifs et son implacable autorité.

RÉPONSES : 1 : Raoul Volfoni / 2 : du thé / 3 : « Elle-même. » / 4 : elle ne porte pas de montre (seulement un bracelet à son poignet gauche) / 5 : « une bonne pensionnaire » / 6 : Raoul Volfoni / 7 : un café (« J'espère qu'il est encore chaud. ») / 8 : 8 minutes.

RAOUL ET PAUL
(VOLFONI)

Deux frères qui ne se ressemblent pas du tout. L'un est fort en gueule, l'autre est fort en maths. Ils sont pourtant indissociables. Quand Raoul parle, Paul acquiesce. Et quand Raoul vitupère, Paul craint le pire. La dégringolade des bourre-pifs, l'armada des torgnoles, voilà le résultat.

❶ Combien de bourre-pifs reçoit Raoul ?

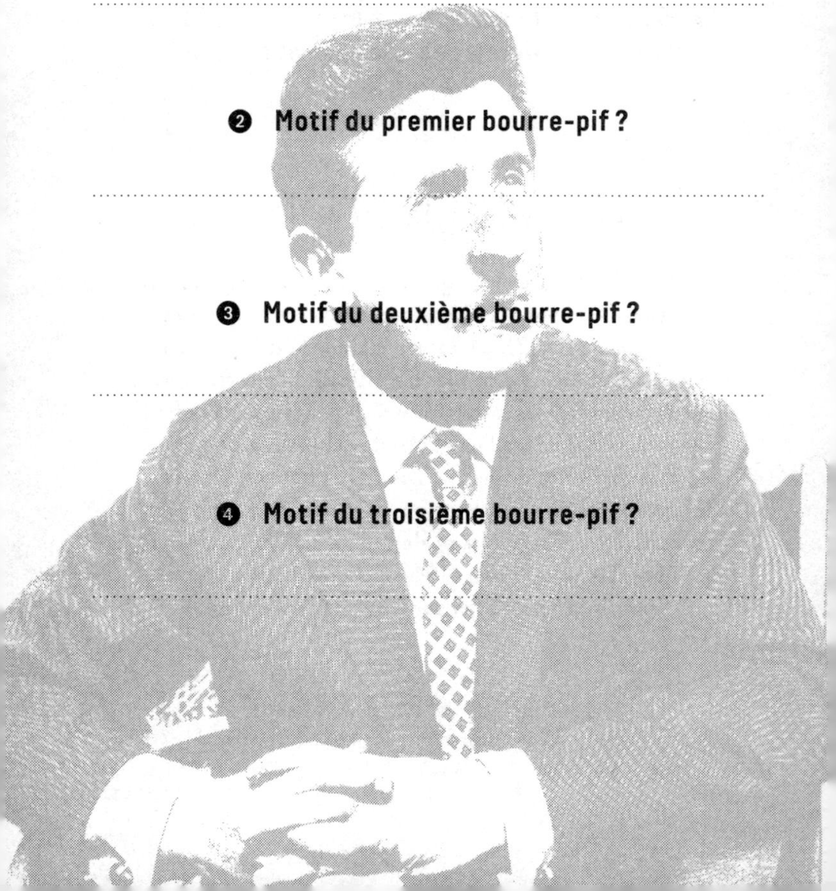

❷ Motif du premier bourre-pif ?

❸ Motif du deuxième bourre-pif ?

❹ Motif du troisième bourre-pif ?

❺ Que fait Paul quand Raoul reçoit le 3e bourre-pif ?

....

❻ Combien de bourre-pifs reçoit Paul ?

....

RÉPONSES : 1 : 3 / 2 : 10 % d'amende pour les retards / 3 : une tentative d'attentat avec le camion / 4 : la bombe d'anniversaire que Fernand a reçue / 5 : il ferme la porte du coffre / 6 : aucun !

PASSAGE À LA CAISSE

Il est souvent question de pognon. Entre les amendes que doivent casquer les Volfoni et les biftons qui traînent sur la table, l'argent est roi. Reste à connaître les prix exacts de certains objets, de certains services voire de certaines amendes. Et comme chez les tontons on ne fait jamais comme ailleurs, ces prix sont exprimés parfois en centimes, souvent en briques, un peu en sacs, mais aussi en monnaie nationale, c'est-à-dire en francs !

❶ Le coût de la surprise-partie organisée par Patricia ?

2 000 francs — 5 000 francs — 7 000 francs — 10 000 francs

❷ Le montant de l'argent donné au toubib du Mexicain ?

20 sacs — 50 sacs — 100 sacs — 200 sacs

❸ La valeur du chargement de pastis ?

3 briques — 5 briques — 6 briques — 10 briques

❹ Montant du loyer annuel que chacun devait payer au Mexicain ?

6 briques — 10 briques — 12 briques — 15 briques

❺ Combien le Mexicain a « encaissé sur le flambe » ?

20 briques — 30 briques — 50 briques — 60 briques

RÉPONSES : 1 : 2000 francs (selon Me Folace) / 2 : 100 sacs / 3 : 6 briques / 4 : 6 briques / 5 : 30 briques

QUI SUIS-JE ?

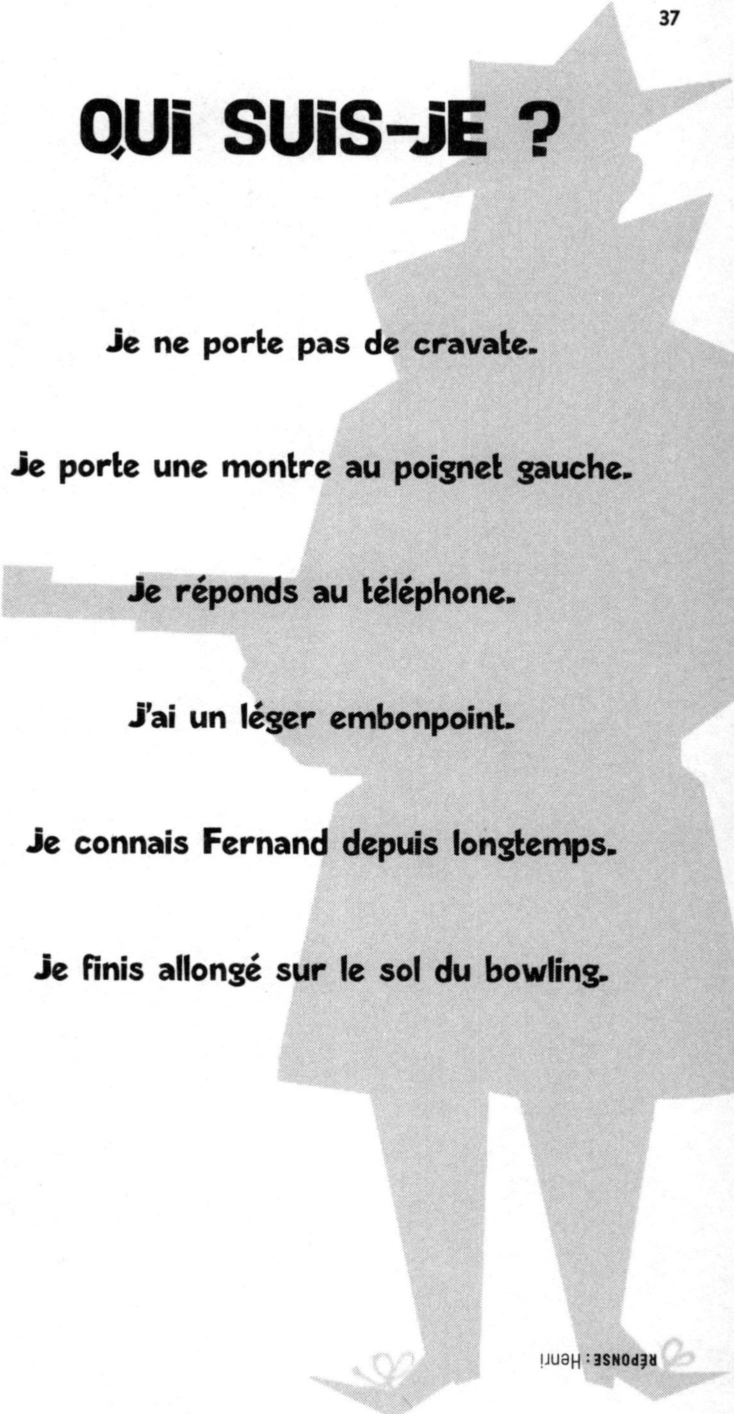

Je ne porte pas de cravate.

Je porte une montre au poignet gauche.

Je réponds au téléphone.

J'ai un léger embonpoint.

Je connais Fernand depuis longtemps.

Je finis allongé sur le sol du bowling.

RÉPONSE : Henri

PATRICIA

La protégée, pas si fragile qu'elle en a l'air. Sans doute a-t-elle hérité du caractère de son père. Son tempérament pétaradier la pousse à faire la fête et à contredire ses protecteurs. Pendant ce temps, elle continue de croire que son géniteur caracole dans la pampa. Mais, déjà, se voit la bague au doigt...

❶ Quel est le diminutif de son prénom ?

Pat — Pato — Patou — Patty

❷ Qui était présent à son baptême ?

Jean — Me Folace — Raoul Volfoni — Fernand Naudin

❸ Le prénom de sa mère ?

Carole — Madeleine — Gaby — Suzanne

❹ Le surnom de sa mère ?

L'Élégante — Beau-sourire — La Marquise — L'Étoile filante

❺ L'endroit où travaillait sa mère ?

Chez Lucienne — Chez Chanel

Chez Mme Reine — Chez Tonton

RÉPONSES : 1 : Pat / 2 : Me Folace et Jean / 3 : Suzanne / 4 : Beau-sourire / 5 : Chez Mme Reine (où elle était « sujet vedette »)

NOMS DE NOM

Sur l'échelle de la popularité, Fernand Naudin ne grimpe pas bien haut. Sa volonté de tout vouloir régler à sa manière (forte) ne lui vaut pas que des félicitations. En conséquence, il hérite d'une multitude de surnoms, pas toujours aimables. Qui le traite de :

❶ **Branque** ....

❷ **Cave** ....

❸ **Centaure des pampas** ....

❹ **Emmerdeur** ....

❺ **Gaucho** ....

❻ **Gros con** ....

❼ **Gugusse de Montauban** ....

❽ **Homme-singe** ....

❾ **Malhonnête** ....

❿ **Vieux voyou** ....

⓫ **Monsieur Dugommier** ....

⓬ **Saligaud** ....

RÉPONSES : 1 : Théo / 2 : Tomate / 3 : Antoine Delafoy / 4 : Raoul Volfoni / 5 : Antoine Delafoy / 6 : Raoul Volfoni / 7 : Raoul Volfoni / 8 : Antoine Delafoy / 9 : Raoul Volfoni / 10 : Louis le Mexicain / 11 : Tomate / 12 : Louis le Mexicain

RÉPLIQUES À COMPLÉTER

❶ **Me Folace :** « C'est curieux, chez les marins, ce besoin de faire des ______ . »

❷ **Le Mexicain :** « Tu sais combien ça laisse, une ______ ? Soixante pour cent de velours. »

❸ **Raoul Volfoni :** « Si on ______ plus souvent, on aurait moins la tête aux bêtises. »

❹ **Fernand Naudin :** « J'ai une santé de fer. Voilà quinze ans que je vis à la campagne : que je me couche avec le soleil, et que je me lève avec les ______ . »

❺ **Jean :** « Allons vite messieurs, quelqu'un pourrait venir, on pourrait se méprendre, et on jaserait. Nous venons déjà de frôler ______ . »

RÉPONSES : 1 : phrases / 2 : roulette / 3 : bricolait / 4 : poules / 5 : l'incident

FERNAND NAUDIN, RAOUL VOLFONI OU LES DEUX ?

Lesquelles de ces remarques concernent Fernand Naudin, Raoul Volfoni... Ou les deux ?

❶ On ne sait pas s'il est marié

FERNAND RAOUL LES DEUX

❷ Il apprécie le bacon

FERNAND RAOUL LES DEUX

❸ Il propose des cachous

FERNAND RAOUL LES DEUX

❹ Il était intime de Louis le Mexicain

FERNAND | RAOUL | LES DEUX

❺ Il n'a aucun lien de parenté avec Patricia

FERNAND | RAOUL | LES DEUX

❻ Il renverse une bouteille de champagne

FERNAND | RAOUL | LES DEUX

❼ Il se lève dans la scène de la cuisine

FERNAND | RAOUL | LES DEUX

❽ Il porte un pyjama à rayures

FERNAND | RAOUL | LES DEUX

RÉPONSES : 1 : les deux / 2 : Fernand / 3 : Raoul / 4 : Fernand / 5 : les deux / 6 : Fernand (en posant le cartable sur la table de la cuisine) / 7 : les deux / 8 : les deux (Fernand dans la villa, Raoul à l'hôpital)

ANTOINE DELAFOY

Antoine le rêveur. Antoine le beau parleur. Antoine l'emmerdeur aussi — du moins aux yeux de Fernand. Cet amoureux bien sous tous rapports ne peut s'empêcher de commenter et de faire des phrases. Sous ses airs placides, il peut parfois piquer des colères.

❶ À quel moment voit-il Fernand Naudin pour la première fois ?

Quand Fernand sort du bureau

Quand Fernand est en train de se raser

Quand Fernand prend son café dans la cuisine

❷ Selon Patricia, quel est son « côté agaçant » ?

Il marche pieds nus — Il parle tout le temps

Il veut toujours avoir raison

❸ À quel moment Antoine annonce-t-il son envie de mariage ?

Pendant le repas — Pendant la surprise partie

En écoutant de la musique, sur le canapé

❹ Sur quoi donnent les fenêtres de son atelier d'artiste ?

La Tour Eiffel — L'Arc de Triomphe — Les toits de Paris

❺ Où invite-t-il Fernand ?

Salle Pleyel — Salle Wagram — Salle Richelieu

RÉPONSES : 1 : quand Fernand sort du bureau (donc dans le salon) / 2 : il parle tout le temps / 3 : pendant la surprise-partie / 4 : les toits de Paris / 5 : salle Wagram

ULTRA CULTES

Répliques incontournables à compléter.

❶ **Fernand Naudin :** « Les cons ça ose tout, c'est même à ça qu'on les ______ . »

❷ **Raoul Volfoni :** « Mais il connaît pas Raoul, ce mec ! Il va avoir un ______ pénible. »

❸ **Fernand Naudin :** « J'ai connu une ______ qui en prenait au petit-déjeuner. »

❹ **Raoul Volfoni :** « Je vais le travailler en ______ ! Le faire marcher à coups de ______ . »

❺ **Raoul Volfoni :** « On a la puissance de feu d'un ______ et des flingues de ______ ! »

❻ **Me Folace :** « Je me permets d'intimer l'ordre à certains salisseurs de mémoire de fermer leur ______ . »

❼ **Antoine Delafoy :** « Vos opinions sur la musique moderne et sur l'art en général, je vous conseille de ne les utiliser qu'en ________ . »

❽ **Paul Volfoni :** « Laisse-nous te dire que tu te prépares des nuits blanches, des migraines, des ________ comme on dit de nos jours. »

❾ **Jean :** « Comment dirais-je ? Un peu rustique. Le genre ________ . »

RÉPONSES : 1 : reconnaît / 2 : réveil / 3 : Polonaise / 4 : férocité / lattes / 5 : croiseur / concours / 6 : claque-merde / 7 : suppositoire / 8 : nervous breeakdown / 9 : agricole

LINO VENTURA

Rien ne le destinait au cinéma. Il se voyait plutôt homme d'affaires. Si un assistant-réalisateur n'était pas venu le chercher, s'il n'avait pas fait son premier film avec Jean Gabin, s'il n'avait dévoilé un talent évident dès ses premières scènes, Lino n'aurait sans doute pas fait carrière, laissant derrière lui un grand vide.

❶ Sa ville de naissance ?

Milan — Naples — Parme — Rome

❷ Le sport dans lequel il a débuté ?

Catch — Football — Lutte — Badminton

❸ Le titre de son premier film ?

Le Bateau d'Émile

Le feu aux poudres

Razzia sur la chnouf

Touchez pas au grisbi

❹ Le film qu'il a tourné avec Bernard Blier, avant *Les Tontons flingueurs* ?

Les lions sont lâchés

Marie Octobre

Maigret tend un piège

Un taxi pour Tobrouk

❺ Son plus grand succès en France ?

Le Clan des Siciliens

Un taxi pour Tobrouk

Garde à vue

Le Ruffian

RÉPONSES : 1 : Parme / 2 : la lutte gréco-romaine / 3 : *Touchez pas au grisbi* / 4 : *Marie-Octobre* / 5 : *Un taxi pour Tobrouk* (4,9 millions d'entrées), devant *Le Clan des Siciliens* avec 4,8 millions d'entrées)

RÉUNION ENTRE CADRES
SUR LA PÉNICHE

Certaines sociétés organisent des réunions dans des endroits huppés. Chez les Tontons ça se passe sur une péniche, à quai, pour éviter le mal de mer. On y cause, on y fume et on y fulmine. Quelques-uns y jouent leur avenir à quitte ou double. Cela peut leur couter très cher...

❶ Combien de personnes sont autour de la table de jeu ?

....

❷ Qui fume la pipe ?

....

❸ Qui joue à une espèce de mikado ?

....

❹ Qui ouvre la porte à Fernand ?

....

RÉPONSES : 1 : 8 / 2 : Tomate / 3 : Vincent / 4 : Freddy

LA ViLLA

La majeure partie de l'action se déroule dans cette villa isolée, entourée d'un jardin. Quand Fernand Naudin vient y prendre ses quartiers, Patricia y est déjà installée avec le notaire et le majordome. La villa résistera à une fusillade et à une surprise-partie, c'est-dire si elle solide !

❶ À qui appartenait-elle avant l'arrivée du Mexicain ?

Un caïd du Milieu — Un procureur

Un ancien de la Résistance — Un boucher

❷ Comment le Mexicain l'a achetée ?

Cash — À crédit — En viager — Flingue en pogne

❸ Le style du mobilier ?

Louis XI — Louis XV — Louis XVI — Louis-Philippe

❹ Le célèbre empereur auquel le décor du bureau rend hommage ?

Jules César — Napoléon Bonaparte

Gengis Khan — Charlemagne

❺ La particularité de l'escalier ?

Aucune rampe — Marches recouvertes d'un tapis

Une rampe de chaque côté — Marches de tailles différentes

❻ L'image sur le tableau à gauche en entrant ?

Une femme — Un homme — Un chien — Un cheval

RÉPONSES : 1 : un procureur (à la retraite) / 2 : en viager / 3 : Louis XV (d'après Antoine Delafoy) / 4 : Napoléon / 5 : marches recouvertes d'un tapis / 6 : une femme (avec collerette !)

MATÉRIEL LOURD

Tournée au studio d'Épinay, la grande scène de la péniche nécessite beaucoup d'éléments. La feuille de tournage du mardi 14 mai 1963 s'efforce de ne rien oublier : table de roulette, éléments de tables de jeux, râteaux croupiers, boite jetons, boule de roulette (de grosseur normale), verrou à la porte principale, bar équipé, cigarettes, plateau, théière, thé, pour à lait, cuillère, tasses, sucrier, sucre, long fume-cigarettes, cendrier pleins, dossiers, boissons, bijoux de Mme Mado, étui à lunettes, paires de lunettes métalliques (à verres et demi-lune), 2 revolvers (pour Pascal).

UNE VILLA CONVOITÉE

La villa de Louis le Mexicain (situées à Rueil-Malmaison) n'a pas servi uniquement aux *Tontons flingueurs*. On peut la voir aussi dans *Le Majordorme* dont la vedette est Paul Meurisse, ainsi que dans *Coplan prend des risques* qui a la particularité d'avoir été tourné peu après le film de Lautner. Dans ce film d'espionnage, la cuisine est parfaitement visible, quoique dépouillée de ses meubles. Elle est le cadre d'une bagarre opposant Coplan (Dominique Paturel) à Scarpelli (Henri Lambert). De plus Dominique Davray joue (un petit rôle) dans cette production. N'y manque qu'une bande de tontons...

VRAI OU FAUX ?

❶ **Dans le film, une affiche du Lido est présente ?**

❷ **On y voit une statuette avec des femmes nues ?**

❸ **Un jeune homme en blouson de cuir se trouve à la surprise-partie ?**

❹ **Il y a des balles de ping-pong ?**

❺ **On voit une statuette de Napoléon la main droite sur le ventre sur un bureau ?**

RÉPONSES : 1 : faux / 2 : vrai (la fameuse statuette de Ferdinand Berthoud) / 3 : vrai / 4 : vrai (chez Antoine Delafoy) / 5 : faux (c'est une statuette de Napoléon à cheval, bras droit tendu, à la villa)

LES MICHETONNEUSES

Rien ne va plus : la prostitution n'est plus ce qu'elle était ! C'est Mme Mado qui l'affirme. Et elle en connaît un rayon sur ce délicat sujet. Et pour cause, ça fait des années qu'elle est dans le turbin. Alors, en toute franchise, elle explique ses déconvenues à son nouveau patron, Monsieur Fernand.

❶ Les deux « explications » qu'elle fournit à Fernand

Régression et manque de formation

Récession et manque de main d'œuvre

Ralentissement et manque d'envie

Relâchement et manque d'entrain

❷ La clientèle a désormais l'esprit

Ailleurs — Critique — Mal placé — Tordu

❸ « L'affectueux du dimanche » a disparu à cause

Du tiercé — De la télévision — De la campagne — Du cinoche

❹ Le surnom du « client qui venait en voisin »

Le timide — Le furtif — Le craintif — Le rapide

❺ L'émission de télé que regarde désormais la clientèle

Intervilles — *Monsieur Cinéma*

La Tête et les jambes — *L'Homme du xxe siècle*

RÉPONSES : 1 : récession et manque de main d'œuvre / 2 : ailleurs / 3 : de la télévision / 4 : le furtif / 5 : *L'Homme du xxe siècle*

CLAUDE RICH

Il n'était pas destiné à jouer Antoine Delafoy puisque ce rôle était prévu pour Jean-Claude Brialy. Mais les aléas de la production, les vicissitudes de la vie d'artiste, les impulsions du moment le conduisent au cœur de l'univers des Tontons. Il n'aura pas à pointer de flingue mais à manier le verbe. Pas si facile.

❶ Sa ville de naissance ?

Brest — Cambrai — Nice — Strasbourg

❷ Son copain de Conservatoire ?

Philippe Noiret — Jean-Pierre Cassel

Jean-Paul Belmondo — Jean-Louis Trintignant

❸ Son premier métier ?

Facteur — Employé de banque

Dentiste — Huissier

❹ Quand Gaumont le contacte pour *Les Tontons flingueurs*, quel rôle croit-il jouer ?

Paul Volfoni — Pascal — Théo — Tomate

❺ Le personnage qu'il joue dans *Astérix et Obélix : Mission Cléopâtre* ?

Abraracourcix — Amonbofis

Panoramix — Jules César

LE REMPLAÇANT

Jean-Claude Brialy aurait eu un avantage sur Claude Rich : il avait déjà dit de l'Audiard. Dans *Carambolages*, il eut même une tirade voisine de celle de M. Volfoni : « Je vais lui en foutre du respect ! Je vais lui en foutre, moi, du Norbert ! Plein le pif ! Plein la gueule ! Je vais lui dynamiter la tronche à ce con, le disperser aux quatre vents, le réduire en fumée. Qu'on ne trouve plus jamais rien, plus un os. Rien. Jamais ! »

RÉPONSES : 1 : Strasbourg / 2 : Jean-Paul Belmondo / 3 : employé de banque / 4 : Pascal / 5 : Panoramix

LES VOLFONI BROTHERS

Les Dalton étaient quatre, les Strauss étaient trois, les Volfoni sont deux, comme Castor et Pollux, Caïn et Abel, Roux et Combaluzier. Deux redoutables, deux incontournables. Spécialisés dans le jeu, ils ne gagnent pourtant pas à tous les coups. Deux branques ne valent pas mieux qu'un.

❶ Deux villes dans lesquelles ils ont travaillé ?

Mexico — Caracas — Monte-Carlo — Las Vegas

Macao — Naples — Casablanca — Berlin

❷ Nombre de mois de retard pour leur redevance ?

2 — 3 — 5 — 6

❸ L'objet insolite au milieu de leur bureau ?

Une statue grecque — Une horloge

Une échelle — Une machine à sous

❹ Que propose Raoul à Patricia ?

Devenir croupière — S'occuper de la caisse

La traite des blanches — Le mariage

❺ Avec quoi Raoul fabrique-t-il une bombe ?

Du TNT — De la dynamite — De l'essence — De la poudre à canon

RÉPONSES : 1 : Naples et Las Vegas / 2 : 2 mois / 3 : une échelle / 4 : la traite des blanches / 5 : de la dynamite

RÉPLIQUES À COMPLÉTER

❶ **Bastien :** « Le prix s'oublie, la qualité __________ . »

❷ **Patricia :** « Vous avez évoqué le bon vieux temps. Reptation, close combat, vous avez joué au __________ . »

❸ **Le Mexicain :** « Chez moi quand les hommes parlent, les __________ se taillent. »

❹ **Fernand Naudin :** « Sinon, je vais la filer chez les dresseurs, les vrais. La pension au bagne avec le réveil au __________ et tout le toutim ! »

❺ **Freddy :** « Séparément, ils sont déjà pas drôles. Je suis pas pressé de connaître leur numéro de __________ ! »

RÉPONSES : 1 : reste / 2 : lance-flammes / 3 : gonzesses / 4 : clairon / 5 : siamois

LA SCÈNE DE LA CUISINE

Inoubliable, incroyable, mythique... Les Tontons se murgent à l'alcool de contrebande et en profitent pour échanger des souvenirs exotiques, tout en tartinant avec plus ou moins d'entrain. La « fameuse » scène de la cuisine occupe une douzaine de minutes. Douze minutes dont on ne se lassera jamais et que l'on peut se passer en boucle sans craindre l'ennui. C'est ça la force des Tontons : séduire à tout coup. C'est pas donné à tout le monde...

Rappel des protagonistes : Fernand Naudin, Raoul Volfoni, Paul Volfoni, Me Folace et Jean, sans compter l'apparition furtive de Patricia puis d'une intruse aux cheveux longs.

Qui fait quoi ?

❶ Qui est assis à table quand Fernand entre ?

❷ Qui propose une « table ronde » ?

❸ Qui tape sur l'épaule de Raoul ?

❹ Qui s'endort en ronflant ?

❺ Avec qui trinque Raoul ?

RÉPONSES : 1 : Me Folace / 2 : Paul / 3 : Me Folace (éméché) / 4 : Me Folace / 5 : Me Folace et Fernand

LES FLINGUEURS

On peut être un tonton, on n'en reste pas moins un flingueur. Quand les malfaisants surgissent dans la cuisine, il s'en faut de peu que ça vire au carnage, au flingage malvenu. Ces messieurs ont la gâchette facile et la rancune tenace. Mais pourquoi se faire du mal quand on peut trinquer entre camarades et échanger des souvenirs ?

❶ Que fait Jean en prenant le flingue ?

Il secoue la poussière — Il regarde dans le canon

Il l'arme — Il place le chargeur

❷ Combien de flingues portent les Volfoni ?

2 — 3 — 4 — 5

❸ Qui de Raoul ou de Paul donne spontanément son flingue ?

Paul — Raoul

❹ Où les flingues des Volfoni sont-ils rangés (pour ne plus déranger) ?

Dans une boîte — Dans un placard

Dans un tiroir — Dans la serviette

RÉPONSES : 1 : Il l'arme / 2 : 2 (une chacun) / 3 : Paul / 4 : dans le tiroir de la table

ÉLÉMENTS DE CUISINE

❶ **Que désigne Fernand sous le nom de « motifs de fâcherie » ?**

....

❷ **Où Me Folace met-il la serviette contenant l'argent ?**

....

❸ **Combien de fois le mot « sandwich » est-il prononcé ?**

....

❹ **Qui se retrouve en bretelles ?**

....

❺ **Quels motifs sont sur la nappe de la table ?**

....

RÉPONSES : 1 : les billets de banque / 2 : sous la table / 3 : 3 fois (par Jean, par Patricia et par Raoul) / 4 : Raoul Volfoni et Me Folace / 5 : il n'y a pas de nappe !

LE PETIT MONDE DE LA TRUANDERIE

Les Tontons ont passé une grande partie de leurs vies dans le monde dit « interlope ». C'est-à-dire près des tordus, des affranchis qui opèrent de l'autre côté de la loi. Ils en gardent des souvenirs originaux et des noms bizarres. Ça meuble la conversation, surtout autour d'un alcool suspect...

❶ Le nom du type qui s'est fait « dessouder » devant la petite taule ?

Lucien le cheval — Paulo les diams — Raymond la science

❷ Le nom du tueur qui l'a « dessoudé » ?

Armand d'Amiens — Pablo de Caracas — Teddy de Montréal

❸ La spécialité de ce tueur ?

L'arbalète — Le chanvre indien — La dynamite

❹ Le nom du « roi de la limonade » ?

Henri les bretelles — Jo le trembleur — Roger la cravate

❺ Qu'a-t-il réussi à faire avec son alcool de contrebande ?

Ouvrir un coffre-fort — Rendre aveugle un couvent

Décimer un régiment de panzers

RÉPONSES : 1 : Lucien le cheval / 2 : Teddy de Montréal / 3 : la dynamite / 4 : Jo le trem-bleur / 5 : décimer un régiment de panzers

REVUE DE DÉTAILS

❶ Que réclame la jeune femme éméchée ?

Du pâté et des cornichons

Du champagne et des sandwichs

Du jus de fruit et des toasts

De la glace et du scotch

❷ Qu'est-ce qui a été « piraté » par les mômes ?

Le tout-venant — Le rebut — Le classique — Le banal

❸ D'après Jean, quels sandwichs « partent bien » ?

Au caviar — Au foie gras

À la purée d'anchois — À la terrine de canard

❹ Par quel mot d'argot Me Folace désigne-t-il l'argent dans la serviette ?

Le pognon — Le carbure — La fraîche — Le grisbi

RÉPONSES : 1 : de la glace et du scotch / 2 : le tout-venant / 3 : à la purée d'anchois / 4 : le grisbi

L'INDOCHINE

Pour connaître, faut y a voir été, et pas que dans les grandes villes. Il faut avoir humé l'air des rizières et poussé la porte de certaines gargotes. L'Indochine, ça vous marque un homme et ça enjolive la conversation…

❶ **Dans quelle ville se situe la « petite taule » évoquée par Raoul Volfoni ?**

……………………………………………………………………………

❷ **Près de quelle grande ville ?**

……………………………………………………………………………

❸ **Le nom de cet établissement ?**

……………………………………………………………………………

❹ **Le nom de la « taulière » ?**

……………………………………………………………………………

❺ **La couleur de ses cheveux ?**

……………………………………………………………………………

RÉPONSES : 1 : Biên Hòa / 2 : Saïgon / 3 : les Volets rouges / 4 : Lulu la Nantaise / 5 : blonds (« une blonde comaque »)

UN WHISKY PAS COMME LES AUTRES

Le whisky de contrebande égaye la charmante réunion entre Tontons. Une bouteille qui semble sortir d'une officine de bouilleurs de cru plutôt que d'un magasin doré sur tranche. L'étrange alcool a au moins le mériter de délier les langues et de réveiller les souvenirs. Une forme de cure de jouvence ?

❶ **Qui sort la bouteille de whisky ?**

....

❷ **Où se trouvait cette bouteille ?**

....

❸ **Quel roi manque sur l'étiquette « Three Kings » ?**

....

❹ **Pourquoi a-t-on arrêté la fabrication de cet alcool ?**

....

❺ **Deux ingrédients contenus dans ce whisky ?**

....

Chacun donne un surnom à ce drôle d'alcool.
Qui dit quoi ?

❻ **Boisson d'homme :** ....

❼ **Du brutal :** ....

❽ **Curieux :** ....

❾ **Le bizarre :** ....

❿ **Le vitriol :** ....

RÉPONSES : 1 : Me Folace / 2 : dans le placard du haut / 3 : le roi de pique / 4 : parce qu'il rendait aveugle / 5 : pomme et betterave / 6 : Fernand Naudin / 7 : Raoul Volfoni / 8 : Fernand Naudin / 9 : Me Folace / 10 : Jean

JEAN

Un employé bien sous tous rapports. Certes, il nourrit un certain penchant pour les mots d'argot et souffre d'une tendance à défourailler son flingue à tout bout de champ. Mais ce Jean n'en est pas moins d'une rare efficacité. Il sait tout, voit tout.

❶ La couleur de sa veste ?

Blanche — Noire — Jaune — Verte

❷ Que porte-t-il à son poignet droit ?

Une montre — Un bracelet — Une gourmette — Rien

❸ Où le Mexicain l'a-t-il rencontré pour la première fois ?

Dans la cuisine — Dans sa voiture

Devant une banque — Devant le coffre-fort

❹ Depuis combien de temps est-il au service du Mexicain ?

15 ans — 17 ans — 19 ans — 20 ans

❺ Où cache-t-il les flingues à l'arrivée d'Adolphe-Amédée Delafoy ?

Dans une potiche — Dans un porte-parapluie

Sous une couverture — Sous un chapeau

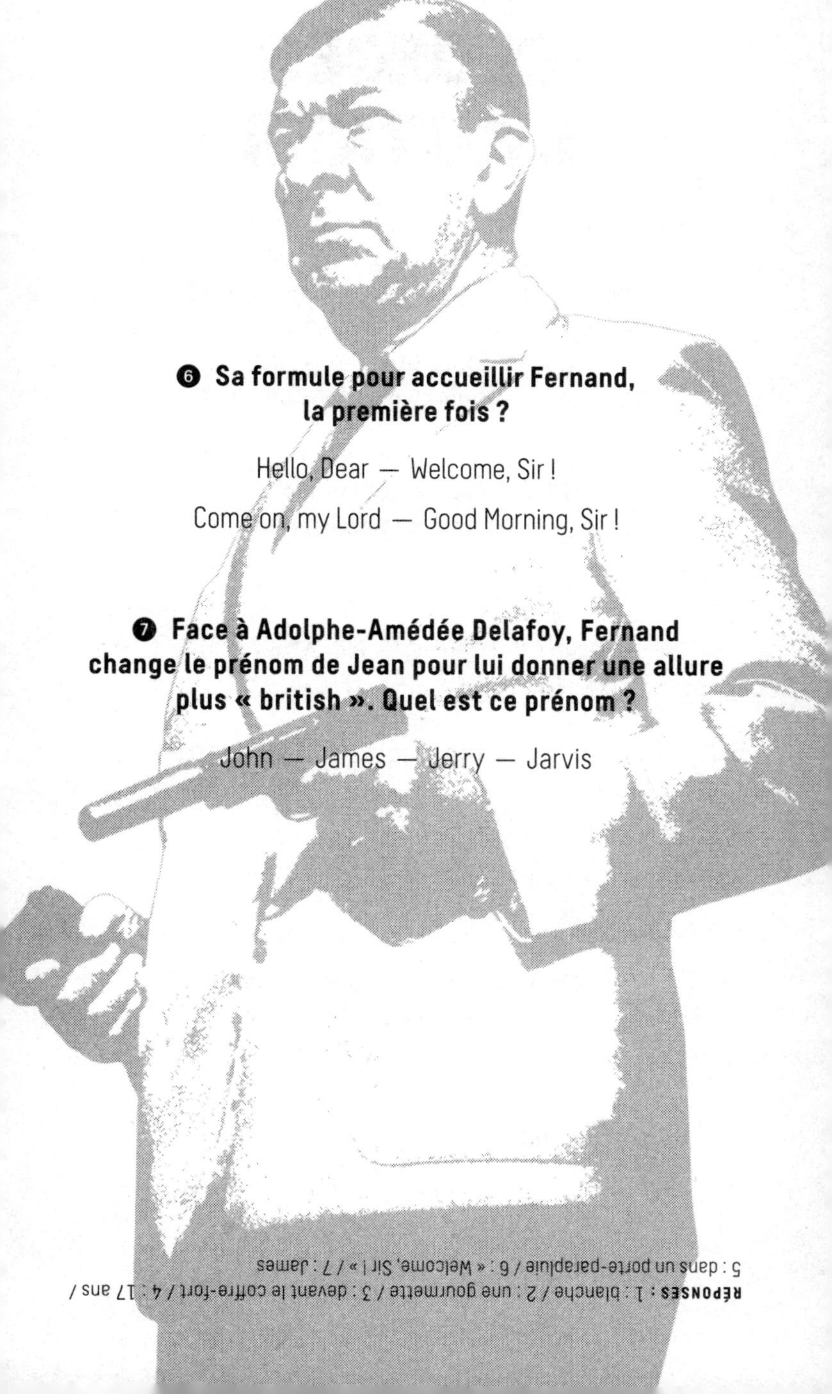

❻ Sa formule pour accueillir Fernand, la première fois ?

Hello, Dear — Welcome, Sir !

Come on, my Lord — Good Morning, Sir !

❼ Face à Adolphe-Amédée Delafoy, Fernand change le prénom de Jean pour lui donner une allure plus « british ». Quel est ce prénom ?

John — James — Jerry — Jarvis

RÉPONSES : 1 : blanche / 2 : une gourmette / 3 : devant le coffre-fort / 4 : 17 ans / 5 : dans un porte-parapluie / 6 : « Welcome, Sir ! » / 7 : James

GEORGES LAUTNER

Le père des *Tontons flingueurs*. Celui qui leur donne vie à travers l'œil de sa caméra. Son boulot consiste à la fois à mettre en valeur les dialogues, à filmer les comédiens et à fournir un film fluide que l'on prend plaisir à regarder. Il réussit sur tous les plans et son nom restera à jamais lié à celui de ces *Tontons*…

❶ Auprès de quel cinéaste a-t-il fait ses débuts ?

Jean Cocteau — Sacha Guitry

Jean Renoir — Orson Welles

❷ La série de films qui l'a fait connaître ?

Coplan — Lemmy Caution

Le Monocle — OSS 117

❸ Sa première collaboration avec Michel Audiard ?

Les Tontons flingueurs

Des pissenlits par la racine

Les Barbouzes

En plein cirage

❹ Pour *Les Tontons flingueurs*, avec quelle firme cinématographique collabore-t-il pour la première fois ?

Gaumont — Pathé

Comacico — Universal

❺ L'acteur avec lequel il travaille pour la première fois pour *Les Tontons flingueurs* ?

Francis Blanche — Bernard Blier

Robert Dalban — Venantino Venantini

UN GRAND ENFANT

« Lautner est un type très humain, très chaleureux qui aime bien tourner en extérieur parce que cela lui permet d'avoir son équipe auprès de lui toute la journée. Et, le soir, il aime qu'on dîne avec lui, qu'on reste avec lui. C'est un grand enfant. »

Jean Lefebvre

RÉPONSES : 1 : Sacha Guitry / 2 : *Le Monocle* / 3 : *Les Tontons flingueurs* / 4 : Gaumont / 5 : Venantino Venantini (qui deviendra un ami très proche)

AnagRaMmeS

Chaque anagramme a un lien (plus ou moins direct) avec le film :

① **BRADER BERLIN**

....

② **TOURNAGES LÉGER**

....

③ **LOGES SURVOLTÉES**

....

④ **ALBERT BRANDO**

....

⑤ **VOL AIR FOULON**

....

⑥ **TECHNO ZONT**

....

⑦ **BAR TÊTE**

....

⑧ **TEO PETE EUNUQUE !**

....

⑨ **RENDEMENT SUPERSTITIEUX**

....

⑩ **LE VALET NOIR**

....

RÉPONSES : 1 : Bernard Blier / 2 : Georges Lautner / 3 : Les Volets Rouges / 4 : Robert Dalban / 5 : Raoul Volfoni / 6 : Chez Tonton / 7 : Beretta / 8 : « Toute une époque ! » / 9 : Terminus des prétentieux / 10 : Lino Ventura

? KiDiKOi ?

❶ **Qui dit : « Nom de dieu de nom de dieu » ?**

....

❷ **Qui se plaint des ravages causés par la télévision ?**

....

❸ **Qui parle de Françoise Sagan ?**

....

❹ **Qui parle d'une pyramide ?**

....

❺ **Qui dit : « Je me demande s'il la saute » ?**

....

❻ **Qui dit : « Mousse et pampre » ?**

....

❼ **Qui dit : « J'annonce les employés, pas le patron » ?**

....

RÉPONSES : 1 : Antoine Delafoy (à l'arrivée de Fernand dans son appartement) / 2 : Mme Mado / 3 : Patricia / 4 : Théo (il s'agit de la pyramide de Fontainebleau) / 5 : un invité de la surprise-partie / 6 : Raoul Volfoni / 7 : Pascal

HENRI

L'ami fidèle. Fidèle à Fernand, bien sûr. C'est lui qui lui envoie le télégramme lui demandant de rappliquer fissa. C'est lui qui l'accueille à son arrivée. C'est lui qui le conduit à la chambre du Mexicain. C'est lui aussi qui paye de sa vie le fait d'être trop proche de Monsieur Naudin…

❶ Son type de chemise ?

Blanche — À rayures — À carreaux — À pois

❷ Son type de chaussures ?

Des bottes — Des mocassins

Des sabots — Des pantoufles

❸ La marque de ses cigarettes ?

Craven — Gauloises — Gitanes — Marlboro

❹ Qu'apporte-t-il à manger à Fernand ?

Une omelette — Des spaghettis

Un sandwich — Un croque-monsieur

❺ Qu'apporte-t-il à boire à Fernand ?

De la bière — Du vin — Du pastis — Du whisky

RÉPONSES : 1 : à carreaux / 2 : des pantoufles / 3 : Gitanes / 4 : un sandwich (au fromage) / 5 : du vin

FAÇON PUZZLE

Parfois Fernand s'emporte. Les mots de l'un de ses coups de gueule se sont éparpillés. À vous de les remettre dans le bon ordre…

RÉPONSE : « Patricia, mon petit. Je ne voudrais pas te paraître vieux jeu ni encore moins grossier. L'homme de la pampa, parfois rude, reste toujours courtois, mais la vérité m'oblige à te le dire : ton Antoine commence à me les briser menues ! »

TROUVEZ L'INTRUS

❶ Quel personnage historique n'est pas cité dans le dialogue ?

NAPOLÉON — PATTON

CHARLEMAGNE — LOUIS-PHILIPPE

❷ Quel pays n'est pas cité dans le dialogue ?

CHINE — ALLEMAGNE — LIBAN — TIBET

❸ Quel auteur n'est pas cité dans le dialogue ?

BALZAC — CORNEILLE — MOLIÈRE — RACINE

RÉPONSES : 1 : Napoléon
« On ne peut pas demander plus aux Volfoni qu'aux fils de Charlemagne » Me Folace
« L'ironie du primate. Humour Louis-Philippard. Le sarcasme Prudhommesque » Antoine Delafoy
« J'ai conduit des tracteurs, des batteuses. Et toi qui parlais de guerre, j'ai même conduit un char Patton ! » Fernand
mais aussi : « Je crois qu'il va le regretter son char Patton » Théo

2 : Allemagne
« Non, je disais l'Égypte comme ça. J'aurais aussi bien pu dire le Liban » Raoul
« On croirait vraiment que je pars au Tibet ! » Fernand
« Chine. IVe siècle avant Jésus Christ » Théo, précisant la date d'une citation

3 : Molière
« Balzac 44 0 5 », tel est le numéro de téléphone d'Henri
« Et si la vieille définition n'avait pas tant servi à propos de Racine et de Corneille… » Fernand, lors de la lecture de la copie de Patricia

❹ Quelle ville de France n'est pas mentionnée dans le dialogue ?

BAGNEUX	MELUN
PANTIN	VERSAILLES

❺ Quel nom de personnage n'est pas cité dans le dialogue ?

JO LE TREMBLEUR	MAX LE MENTEUR
TEDDY DE MONTRÉAL	SUZANNE BEAU SOURIRE

RÉPONSES (suite) : 4 : Versailles

« Suzanne Beau-Sourire a été élevée à Bagneux sur la zone » Fernand

« Il y aura une Cadillac noire arrêtée à l'embranchement de Melun » Théo

« Je suis revenu pour caner ici. Et pour me faire enterrer à Pantin, avec mes vioques » Louis

5 : Max le Menteur

« Je ne dis pas qu'à la fin de sa vie, Jo le Trembleur, il avait pas un peu baissé » Me Folace

« Teddy de Montréal, un fondu qui travaillait qu'à la dynamite » Fernand

« T'as connu sa mère, Suzanne Beau Sourire ? » Louis

FERNAND NAUDIN

Il revient de loin, dans tous les sens du terme. D'abord géographiquement, puisqu'il habite désormais dans le Sud-Ouest ; ensuite judiciairement parce que, selon toute apparence, il a échappé à la vindicte policière. Rangé des voitures, donc. Ce qui ne l'empêche pas de prendre la sienne pour aller au secours de Louis. Et, accessoirement, de Patricia.

❶ **Son métier ?**

❷ **Sa « boisson » favorite au petit-déjeuner ?**

❸ **Qui vient lui souhaiter son anniversaire dans sa chambre ?**

❹ **Quel est son premier cadeau (offert par Me Folace) ?**

❺ **Quel est son deuxième cadeau (offert par Jean) ?**

❻ **Quel est le cadeau des Volfoni ?**

....

❼ **Où déchire-t-il sa veste ?**

....

GUSTAVE ET GERMAINE

On ne sait pas combien Fernand a d'employés, mais on en connaît au moins deux. Gustave est le contremaître visible dès les premières images. Dans le scénario, il ne porte aucun prénom mais lors du tournage deux courtes répliques ont été ajoutées :

– Au revoir, Monsieur Naudin.

– Au revoir, Gustave.

En revanche on ne voit pas Germaine et on ne sait pas quelle est sa fonction exacte. On découvre seulement qu'elle prend soin de son patron : « Germain a mis du thé dans le thermos », précise Gustave.

Brave Germaine.

RÉPONSES : 1 : motoculteur (il vend du matériel pour travaux publics et des engins de chantier) / 2 : le thé / 3 : Patricia, Me Folace et Jean / 4 : un stylo / 5 : une pipe / 6 : une bombe (en réalité expédiée par Théo) / 7 : à la distillerie clandestine, lors d'une bagarre

À LA UNE

Fernand est le seul à lire le journal. Vu qu'il ne semble pas enclin à écouter la radio et qu'aucun poste de télévision n'est visible dans la villa (mais il y en a un chez Antoine Delafoy), le meilleur moyen de se tenir au courant reste le quotidien de papier. *France-Soir* relate « l'affaire du camion incendié ». Un camion qui a donné des sueurs chaudes à Fernand car... il était au volant.

❶ Trouvez le mot manquant dans la phrase : « Parmi les bouteilles de pastis clandestin transporté par les ___________ , certaines contenaient de l'essence.

Bandits — Malfrats — Escrocs — Raudeurs

❷ La photo sur le journal montre :

Des pompiers — Des gendarmes

Un agriculteur — Des scouts

❸ Date de l'authentique quotidien « transformé » pour les besoins du film ?

1er mars 1963 — 1er avril 1963 — 19 avril 1963 — 1er mai 1963

❹ Quel héros de bande dessinée figure en dernière page ?

Mandrake — Guy l'Éclair — Tarzan — Zorro

RÉPONSES : 1 : fraudeurs / 2 : un agriculteur / 3 : 19 avril 1963 / 4 : Mandrake, le magicien

MADE IN CONTREBANDE

Théo fabrique de l'alcool, ce qui lui évite de payer de lourdes taxes. Une activité qui fit florès en Amérique au temps de la prohibition. En France, elle connut un renouveau pendant la guerre, mais la distillerie clandestine ne rapporte plus autant qu'à la grande époque...

❶ Quel alcool fabrique Théo ?

De la bière — Du pastis — Du rhum — Du cognac

❷ Selon Théo, que boit désormais la « jeunesse française » ?

Du Coca-Cola — De l'eau pétillante

Du jus de fruit — De la Vittel menthe

❸ Selon Théo que boivent désormais les « anciens combattants » ?

De l'absinthe — Du lait de poule

De l'eau de régime — Du vin chaud

❹ Selon Théo, quel l'alcool connaît le plus de succès ?

L'armagnac — La vodka — Le whisky — Le picon-bière

❺ Selon Théo, comment devient le client ?

Aveugle — Dur — Exigeant — Infernal

RÉPONSES : 1 : du pastis / 2 : de l'eau pétillante / 3 : de l'eau de régime / 4 : du whisky / 5 : dur (« Le pastis perd de l'adhérent chaque jour. Le client devient dur. »)

JEAN LEFEBVRE

Sa tête de chien battu a été vue et revue dans de nombreuses comédies à la française. Une tête à se prendre des baffes aussi. Dans *Ne nous fâchons pas* (réalisé par Lautner et dialogué par Audiard), il ne cesse d'en recevoir, et pas seulement de Lino Ventura (Mireille Darc et Michel Constantin aussi l'avoinent sévère). Longtemps il sera le dernier Tonton survivant de la « scène de la cuisine » jusqu'à ce que la mort vienne le faucher.

❶ Quelles études abandonne-t-il pour se lancer dans une carrière artistique ?

Médecine — Pharmacie

Journalisme — Archéologie

❷ Le métier qu'il envisage ?

Pianiste — Chanteur lyrique

Danseur — Trapéziste

❸ Sa passion hors tournage ?

La voile — Les casinos

Le parachutisme — La pelote basque

❹ **Dans combien de films (grosso modo) a-t-il joué avant d'entamer *Les Tontons flingueurs* ?**

30 — 50 — 70 — 90

❺ **La série de films dans laquelle il n'a pas joué :**

Fantômas — *Le gendarme* (*de Saint-Tropez*)

La 7e compagnie — *Angélique* (*marquise des anges*)

ALCOOL CHTI

Jean Lefebvre a toujours soutenu, que, dans la scène de la cuisine, alors que ses partenaires buvaient du thé, lui avalait tout autre chose : « De l'alcool, j'en suis sûr ! Je ne sais pas ce qu'avaient les autres dans leurs verres, mais ce n'était pas un truc aussi fort que moi ! Et comme on a refait la scène plusieurs fois, à la fin, je n'en pouvais plus... À mon avis, ça devait être du genièvre. Vous savez, je suis du Nord, et le genièvre, c'est ce qu'on donnait aux mineurs avant de descendre dans les puits. Croyez-moi, ça vous tortille les boyaux ! »

(*Le Monde*, 2001)

RÉPONSES : 1 : pharmacie / 2 : chanteur lyrique / 3 : les casinos / 4 : 50 / 5 : *Fantômas*

SOiRÉE DANSANTE

Patricia invite quelques amis à boire, danser, manger (et plus si affinités) dans la villa, ce qui n'est pas forcément du goût de Fernand qui sort d'un « accident » de la route… Mais la jeunesse n'a-t-elle pas le droit de s'amuser ?

❶ **Quelles est la langue de la chanson sur laquelle dansent les invités ?**

Anglais — Espagnol — Français — Italien

❷ **Le métier du père de Jacques Letellier, l'un des invités ?**

Ministre — Contre-amiral — Député-maire — Psychiatre

❸ **Le nom de la danse qu'exécute un couple près de la porte d'entrée ?**

Taboulé — Tahitienne — Tamouré — Tango

RÉPONSES : 1 : anglais (« I'm dream of love… ») / 2 : contre-amiral (d'après Patricia) / 3 : tamouré (danse tahitienne)

? KiFAiKOi ?

❶ **Qui est le premier à goûter le « vitriol » dans la scène de la cuisine ?**

....

❷ **Qui apprend à jouer aux échecs ?**

....

❸ **Qui porte une cravate à pois ?**

....

❹ **Qui met fin à la fusillade dans le jardin ?**

....

❺ **Qui tire sur Fernand Naudin à la mitrailleuse ?**

....

❻ **Qui entre dans la villa en passant par une fenêtre ?**

....

RÉPONSES : 1 : Raoul Volfoni / 2 : Me Folace / 3 : Fernand Naudin (dans la chambre du Mexicain et à son arrivée à la villa) / 4 : Pascal et Bastien (sans tirer un seul coup de feu !) / 5 : Théo / 6 : Pascal et Bastien

MAÎTRE FOLACE

Il n'a pas de prénom ?... S'il en a un, on ne le connaît pas. Pas plus que l'on ne connaît son cursus ni ses antécédents. On sait toutefois qu'il sait tenir des comptes et se servir d'un flingue, ce qui peut s'avérer utile. On sait aussi qu'il peut être sujet à des crises de nerfs aiguës dès qu'il s'agit de grisbi.

❶ Son métier ?

....

❷ Le jeu qu'il étudie ?

....

❸ Sa boisson au petit-déjeuner ?

....

❹ Sa tenue quand il accueille Fernand pour la première fois ?

....

❺ Le lieu de cette rencontre ?

....

❻ L'« outil » avec lequel il aime écrire ?

....

❼ **Que représentent les dessins sur ses bretelles ?**

....

❽ **La marque du flingue qu'il tient en pogne lors de la fusillade du jardin ?**

....

LE FOU DE L'EMPEREUR

Le mot *Folace* n'est pas une pure invention. Il dérive du verbe *folastrer* désignant une action frivole. Au XIXe siècle, *folace* était employé pour désigner un fou ou un sot… En tant que nom propre, *Folace* est probablement dérivé du corse *Folacci*.
On peut donc en déduire que Me Folace a un lien, ne serait-ce que géographique, avec Napoléon !

RÉPONSES : 1 : notaire / 2 : échecs / 3 : café / 4 : pyjama et peignoir / 5 : la cuisine ! 6 : crayon de bois (dont il taille la mine lors de la réunion de la péniche) / 7 : des chevaux / 8 : Smith & Wesson Model 10 (avec silencieux)

LA PETITE FERME
CHEZ TOMATE

Tomate dirige un cercle de jeux totalement clandestin. D'ailleurs l'endroit est perdu en pleine campagne avec un accès difficile. De quoi décourager les pandores trop curieux mais non les joueurs avides de sensations. Le lieu n'est guère folichon, mais qu'importe le flacon pourvu que l'on ait l'ivresse du jeu ?

❶ À quoi Fernand compare cet endroit ?

Un bouge — Un clapier — Un taudis — Un trou à rats

❷ Quel bruit animalier accompagne l'arrivée de Fernand et Pascal ?

Aboiement d'un chien — Hennissement d'un cheval

Hululement d'une chouette — Miaulement d'un chat

❸ Dans quelle pièce de la maison se situe le cercle de jeux ?

Le grenier — Le grand salon — La cuisine — Le sous-sol

❹ Dans quoi Tomate met-il l'argent ?

Un coffre — Une valise — Une vieille caissette — Un tiroir

❺ Le prénom du « gros bras » qui travaille pour Tomate ?

Jacky — Freddy — Tony — Sammy

RÉPONSES : 1 : un clapier (« Je m'attendais à quelque chose de plus important. Mais c'est un clapier ! ») / 2 : aboiement d'un chien / 3 : le sous-sol (près de la chaufferie) / 4 : une vieille caissette en bois / 5 : Freddy

JEOPARDY

Une réponse pour chaque case...
Mais quelle est la question ?

ESTAMPE JAPONAISE

1 ....?

DÉS

2 ....?

COCA-COLA

3 ....?

MARTINI

4 ....?

RAVITOL X

5 ....?

TCHOUANG-TSEU

6 ....?

RÉPONSES : 1 : Quel style de tableau voit-on sur les murs de la chambre de Louis ? / 2 : Avec quoi joue Pascal dans la Petite Ferme ? / 3 : Quelle boisson non alcoolisée est visible lors de la surprise-partie et dans la cuisine ? / 4 : Quelle est la marque du panneau publicitaire dans lequel s'encastre le camion conduit par Fernand ? / 5 : Quelle est la marque du dégraissant visible dans le garage ? / 6 : Quel est le nom du penseur chinois cité par Théo ?

PASCAL

Le porte-flingue attitré de Louis le Mexicain qui, à la mort de celui-ci, devient celui de Fernand Naudin. Il change de patron mais pas de méthode. Toujours prêt à défourailler pour éliminer les gêneurs. Depuis le temps, il a cessé de compter les cadavres qu'il a semé derrière lui.

❶ Chez qui habite-t-il ?

Sa sœur — Sa cousine — Sa mère — Sa tante

❷ Son lien de parenté avec Bastien ?

Demi-frère — Cousin — Neveu — Aucun

❸ Combien sort-il de flingues à son arrivée à la péniche ?

1 — 2 — 3 — 4

❹ La marque du dernier flingue qu'il a acheté ?

Beretta — Browning — Lüger — Smith & Wesson

❺ Qui lui a fourni cette arme ?

Tante Berthe — Cousin Lucien

Oncle Antonio — Neveu Sergio

RÉPONSES : 1 : sa mère / 2 : cousin / 3 : 2 / 4 : Beretta / 5 : oncle Antonio

FAÇON PUZZLE

Antoine Delafoy est amateur de belles phrases et de réflexions douloureuses. Les mots lancés à Fernand se sont éparpillés. Il serait judicieux de les remettre dans l'ordre.

RÉPONSE : « Monsieur Naudin, vous faites sans doute autorité en matière de bulldozers, tracteurs et Caterpillar, mais vos opinions sur la musique moderne et sur l'art en général, je vous conseille de ne les utiliser qu'en suppositoires ! Voilà ! Et encore, pour enfants. »

PATRICIA

Cette jeune femme n'a rien d'une naïve oie blanche. Elle sait ce qu'elle veut et évolue avec grâce dans le monde bousculé de ces Tontons qui flinguent à tout va. Et, bien qu'elle compte se marier très prochainement, elle va encore à l'école où elle est censée apprendre les bonnes manières.

❶ Combien de temps, au maximum, est-elle restée dans une école ?

2 mois — 6 mois — 8 mois — 1 an

❷ La note de sa dissertation (qui passe de main en main) ?

8/20 — 12/20 — 16/20 — 18/20

❸ À quelle heure s'est terminée sa première « sauterie » (la veille de l'arrivée de Fernand) ?

Minuit — 1 heure du matin — 3 heures — 5 heures

❹ Que cuisine-t-elle chez Antoine Delafoy ?

Un ragoût — Un bœuf miroton

Un civet — Un osso bucco

RÉPONSES : 1 : 6 mois / 2 : 16/20 / 3 : 3 heures / 4 : un civet

ŒIL BRILLANT ET OREILLE FINE

Questions tous azimuts

❶ **Combien de fois Jean prononce-t-il le mot « Sir » ?**

....

❷ **Où se trouvent des bocaux pharmaceutiques ?**

....

❸ **Combien y a-t-il de gazinières dans la cuisine ?**

....

❹ **Qu'y a-t-il derrière le lit du Mexicain ?**

....

❺ **Quel célèbre monument de Paris est visible ?**

....

❻ **D'où vient le foie gras acheté par Patricia ?**

....

❼ **Qui propose « une carrière internationale » à Patricia ?**

....

RÉPONSES : 1 : 7 / 2 : dans la cuisine / 3 : côte à côte / 4 : un grand miroir / 5 : l'Arc de Triomphe / 6 : de Strasbourg / 7 : Raoul Volfoni

GROS MOT

Con, conne connard, connasse... on pourrait croire que ces mots sont nombreux dans le phrasé imagé des *Tontons*. Il n'en est rien. Seul con est glissé, et encore à dose limitée puisqu'il ne surgit qu'à trois reprises.

Quelles sont les trois personnes qui prononcent ce gros mot et à quelle occasion ?

❶ **Qui ?**

À quelle occasion ?

❷ **Qui ?**

À quelle occasion ?

❸ **Qui ?**

À quelle occasion ?

RÉPONSES : 1 : Fernand Naudin quand il rappelle que les cons osent tout / 2 : Raoul Volfoni en préparant sa bombe qu'il destine au « gros con » / 3 : Antoine Delafoy quand il parle de musique : « Corelli, Beethov, Chopin, tout ça, c'est dépassé. C'est très con »

CHARADE

On marche sur mon premier
Mon deuxième est un moins que rien
Mon troisième roule au craps
On trouve parfois l'amour dans mon quatrième
Mon cinquième file entre nos doigts
Dans mon sixième brillent les astres

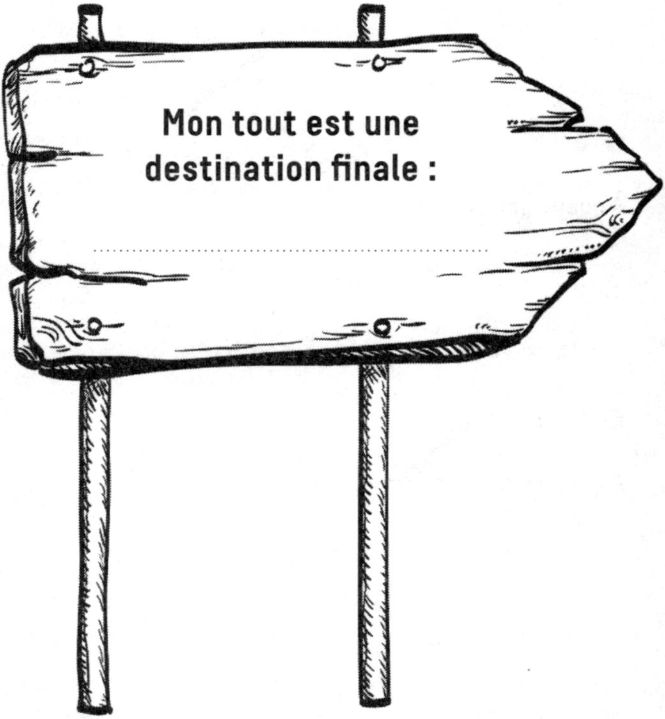

RÉPONSE : terre – minus – dé – pré – temps – cieux = Terminus des prétentieux

QUI SUIS-JE ?

Je vouvoie Jean.

Je ne suis pas « une feinte de l'ennemi ».

Je retire mon chapeau pour saluer.

J'ai une légère calvitie.

Je connais Ferdinand Berthoud.

Je « danse » avec Fernand Naudin.

RÉPONSE : Adolphe-Amédée Delafoy

THÉO

Il n'est pas véritablement un Tonton (puisqu'il ne s'occupe ni de près ni de loin de l'éducation de Patricia), mais il est authentiquement un Teuton (puisque né Outre-Rhin). Un Teuton flingueur qui a fait la guerre (la vraie) et continue dans cette voie (sa guéguerre à lui). Il s'imagine caïd à la place du caïd. Sans doute son propre alcool lui est-il monté à la tête.

❶ Quels surnoms lui donne Fernand Naudin ?

Le précieux — Le coquet — Le micheton

Le singulier — Le mec au jus de pomme

Le roi de l'alambic — Le Boche poudré

❷ Quel accessoire vestimentaire porte-il ?

Un chapeau tyrolien — Des gants

Un gilet — Un nœud de papillon

❸ Que fait Théo pendant la scène du bowling ?

Il se cure les ongles — Il se rase

Il fait une réussite — Il nettoie son revolver

❹ Que fume-t-il ?

Des havanes — Des cigarillos

Des cigarettes roses — Des joins de cannabis

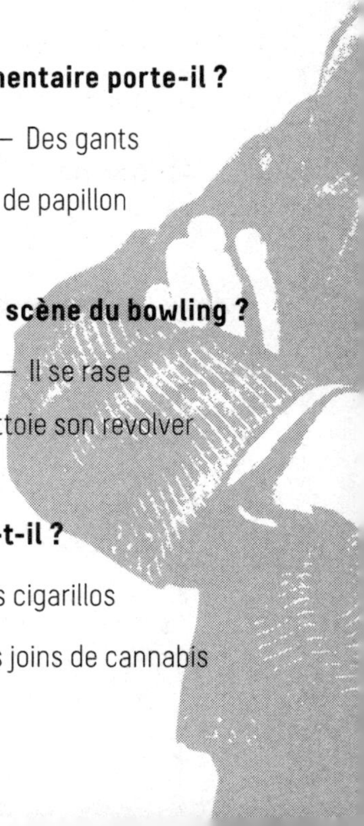

❺ Pourquoi n'a-t-il plus son permis de conduire ?

Parce qu'il l'a déchiré — Parce qu'il a écrasé un flic

Parce qu'il a conduit un char pendant la guerre

❻ Quelle règle de « droit » invoque-t-il ?

La présomption d'innocence — La légitime défense

L'habeas corpus

❼ Comment meurt-il ?

Abattu par Pascal — Dans l'explosion de sa voiture

Jeté du haut d'un étage par Fernand

❽ Comment meurt son jeune compagnon ?

Dans l'explosion de bidons d'essence

Dans l'explosion d'un alambic

Dans l'explosion de la distillerie

RÉPONSES : 1 : Le coquet / 2 : Un gilet / 3 : Il se rase (avec un rasoir électrique) / 4 : Des cigarillos (de marque Agio) / 5 : Parce qu'il a écrasé un flic / 6 : La légitime défense / 7 : Dans l'explosion de sa voiture, devant l'église / 8 : Dans l'explosion de bidons d'essence

ENTRÉES EN SCÈNE

Classez ces dix comédiens et comédiennes par dates de naissance (du plus âgé au plus jeune)

Francis Blanche • Bernard Blier • Robert Dalban
Dominique Davray • Jacques Dumesnil
Jean Lefebvre • Claude Rich • Sabine Sinjen
Lino Ventura • Venantino Venantini

RÉPONSES : 1 : Robert Dalban (19 juillet 1903) / 2 : Jacques Dumesnil (9 novembre 1903) / 3 : Bernard Blier (11 janvier 1916) / 4 : Dominique Davray (27 janvier 1919) / 5 : Lino Ventura (14 juillet 1919) / 6 : Jean Lefebvre (3 octobre 1919) / 7 : Francis Blanche (20 juillet 1921) / 8 : Claude Rich (8 février 1929) / 9 : Venantino Venantini (17 avril 1930) / 10 : Sabine Sinjen (18 août 1942)

FAITES VOS JEUX

Le jeu est sans nul doute l'activité la plus lucrative du petit empire que dirigeait Louis. Pourtant l'argent ne semble pas rentrer dans les caisses. Qu'à cela ne tienne, lors de la réunion sur la Péniche, Fernand Naudin s'en occupe illico, en patron efficace qu'il est.

❶ Quel système « simple » propose Fernand ?

Établir un forfait mensuel — Indexer les paiements sur l'inflation
Diviser la recette : un tiers, deux tiers
Reprendre les chiffres de l'année dernière

❷ Qui doit passer à l'encaissement ?

Me Folace — Pascal — Jean — Bastien

❸ Quand aura lieu le prochain encaissement ?

Lundi prochain — Sous huitaine
Dans deux semaines — Dans un mois

❹ Selon Fernand, le jeu n'a jamais... :

Été déficitaire — Autant rapporté
Aussi bien marché — Attiré autant de gogos

❺ Pour galvaniser Tomate et les Volfoni, Fernand utilise trois adjectifs : « entreprenants », « dynamiques »... quel est le troisième ?

Audacieux — Motivés — Efficaces — Gais

RÉPONSES : 1 : reprendre les chiffres de l'année dernière / 2 : Pascal / 3 : sous huitaine / 4 : aussi bien marché / 5 : gais (« Vous avez l'air en pleine forme, là... Gais, entreprenants, dynamiques ! »)

ADOLPHE-AMÉDÉE DELAFOY

Le père d'Antoine. Un peu vieille France avec son costume, ses gants et ses allures à l'ancienne. Il n'a rien d'un flingueur même s'il se retrouve, sans s'en rendre compte, au milieu d'une fusillade.

❶ Son surnom ?

Le directeur — Le patron — Le grossium — Le président

❷ Les deux objets qu'il collectionne ?

Faïence — Montres — Pendules — Boutons de porte

Contraventions — Queues de rats

❸ L'organisme dont il est le vice-président ?

FMI — FBI — FIFA — FDJ

❹ Son principal handicap ?

Daltonien — Malentendant — Amnésique — Bègue

❺ Sa catégorie de femmes préférées ?

Danseuses — Catcheuses — Soubrettes — Fleuristes

❻ Le sport qu'il pratiquait dans sa jeunesse ?

Aviron — Polo — Tennis — Hockey

❼ Pourquoi vient-il à la villa ?

Pour négocier la dote de Patricia

Pour visiter les lieux — Pour régler une amende

Pour demander la main de Patricia

RÉPONSES : 1 : le président / 2 : contraventions et pendules / 3 : FMI (fonds monétaire international) / 4 : malentendant / 5 : soubrettes / 6 : hockey (sur gazon) / 7 : pour demander la main de Patricia

BERNARD BLiER

Un fidèle complice de Michel Audiard. Ils ont tant travaillé ensemble qu'ils se connaissent par cœur. Annie Girardot se souviendra : « Quand il n'écrit pas, Michel Audiard ne pense qu'à réunir ses potes pour des repas de fous que Bernard Blier ne manquerait pour rien au monde. Une sacrée fine gueule celui-là ! Avec ça, étourdissant de drôlerie, une façon insolente de te répondre quand tu lui parles, toujours la répartie à la bouche ! »

❶ Son pays de naissance ?

Belgique — Argentine — Égypte — Canada

❷ Le titre de son premier film dialogué par Michel Audiard ?

La Bonne tisane — *L'École des cocottes*

Les Grandes familles — *Retour de manivelle*

❸ Bernard connaît très bien un parent de Georges Lautner. Lequel ?

Son père — Sa mère

Son frère — Son oncle

❹ Le film dialogué par Michel Audiard que Blier n'a pas tourné ?

Le cave se rebiffe

100 000 dollars au soleil

Le cri du cormoran le soir au-dessus des jonques

Comment réussir quand on est con et pleurnichard

❺ Le prénom de son fils, passé à la réalisation ?

Laurent — Jacques — Bertrand — Raoul

COMPLET

« Je tiens Bernard Blier pour l'un des deux ou trois très grands comédiens de son temps, et probablement pour le plus complet… C'est un lieu commun, tenace et gluant, dans le monde du spectacle, que d'affirmer qu'un acteur n'a pas besoin d'être intelligent. Tout juste si l'on n'ajoute pas "au contraire !"… Bernard Blier est très intelligent ; cela ne le gêne pas pour jouer. Au contraire ! »

Michel Audiard

RÉPONSES : 1 : Argentine / 2 : *Retour de manivelle* / 3 : sa mère, l'actrice Renée Saint-Cyr, qui fut sa partenaire dans plusieurs films / 4 : *Comment réussir quand on est con et pleurnichard* / 5 : Bertrand

TROUVEZ L'INTRUS
SPÉCIAL MOTS D'ARGOTS

Dans chaque rubrique, un mot n'est pas présent dans le dialogue. Lequel ?

❶ CANER — CLAMSER
CLAQUER — DÉCAMBUTER

❷ BAROUF — BÉCHAMEL — FOIN — SUIF

❸ COMAC — GONZESSE
SAUTERELLE — TAULIÈRE

RÉPONSES : 1 : claquer
« Je suis revenu pour caner ici » Louis
« J'ai eu souvent peur de clamser là-bas, au milieu des macaques, sans avoir jamais revu une tronche amie » Louis
« Je décambute bêtement, et je laisse une mouflette à la traîne, Patricia » Louis
2 : barouf
« Pour qu'il abandonne ses cactus et qu'il revienne à Paris, faut qu'il lui en arrive une sévère, au vieux Louis. Ou qu'il ait besoin de pognon, ou qu'il soit tombé dans une béchamel infernale ! » Fernand
« C'est toi qui fais tout ce foin ? » Tomate
« Il y a du suif chez Tomate. Trois voyous qui chahutent la partie » Henri
3 : sauterelle
« Et la taulière ? Une blonde comac » Raoul
« Chez moi quand les hommes parlent, les gonzesses se taillent » Louis
4 : quimper
« À chaque fois que je m'absente, c'est toujours pareil, il faut toujours qu'il y ait des histoires ! Eh ben, démerdez-vous ! » Fernand
« Tu te souviens ? C'est à cette heure-là qu'on emballait » Fernand
« Voilà 15 ans qu'on fait le trottoir pour le Mexicain ! J'ai pas l'intention de continuer à tapiner pour son fantôme ! » Raoul

❹ DÉMERDER — EMBALLER

QUIMPER — TAPINER

❺ ENFLURE — FONDU — SALIGAUD — LOUF

❻ OIGNE — BLAIR — POGNE — TOC

❼ CALMOS — CAME — GOURER — MOLLO

RÉPONSES (suite) : 5 : enflure
« Par Teddy de Montréal, un fondu qui travaillait qu'à la dynamite » Fernand
« Tu te rends pas compte, saligaud, qu'elle va perdre son père, Patricia ! Que je vais mourir ! » Louis
« Vous êtes loufs, non ? Qu'est-ce que c'est que ces façons d'arriver en pleine nuit par le jardin ? » Fernand
mais aussi : « Je deviens louf, c'est tout ! » Fernand
6 : blair
« Je vais vous apprendre le tact, moi, M'sieur Antoine, et à coups de lattes dans l'oigne, encore ! » Fernand
« À ma pogne, je veux le voir ! Et je vous promets qu'il demandera pardon ! » Raoul
mais aussi : « Bastien et moi on est sûr de se retrouver face à face, flingue en pogne, avec l'honnêteté qui commande de tirer » Pascal
« Eh ben, ma vieille, tu nous fais attendre. La route a pas été trop toc ? » Henri
mais aussi : « C'est pas du toc, non ? » Fernand
7 : calmos
« À propos de tout ! De cigarettes, de came, de nanas... » Fernand
« T'es sûr que tu t'es pas gouré de crèche ?
– Je me goure jamais ! En rien ! » Paul et Raoul
« Je serai d'avis qu'on aborde mollo. Des fois qu'on soit encore attendus » Pascal

FRANCIS BLANCHE

L'acteur capable de jouer tous les rôles, de prendre tous les accents et de passer du calme serein à la crise de nerfs aiguë. Il a sévi dans tous les domaines, a écrit des tonnes de sketchs, des monceaux de chansons et fait des montagnes de canulars. Et grand séducteur avec ça...

❶ Avec quel humoriste a-t-il souvent fait des duos ?

Raymond Devos — Rober Dhéry

Michel Serrault — Pierre Dac

❷ Dans quel film, dialogué par Audiard, incarnait-il le redoutable « Papa Schultz » ?

Un taxi pour Tobrouk — *La Grande Vadrouille*

Babette s'en va-t'en guerre — *Le mur de l'Atlantique*

❸ Quel « parti politique » a-t-il créé ?

Le Parti de rien — Le Parti d'en rire

Le Parti partout

Le Parti pour ne plus jamais revenir

❹ Avec quel acteur ne travaillera-t-il plus après *Les Tontons flingueurs* ?

Bernard Blier — Lino Ventura

Jean Lefebvre — Claude Rich

❺ Le titre du film « scandaleux » dont il a écrit le scénario ?

Emmanuelle — *Le dernier tango à Paris*

La Grande Bouffe — *La Religieuse*

COLÈRE BLANCHE

Un jour, Francis Blanche arrive en retard sur le tournage. Quand il apparaît enfin sur le plateau, il tient un énorme réveil matin à la main. Il le montre à tout le monde en affirmant que cet objet est le coupable : il a refusé de sonner ! En guise de punition, Blanche le jette par terre, le reprend, le rejette, et ainsi de suite. Tout en le traitant de tous les noms… D'abord médusée, l'équipe du film finit par éclater de rire.

RÉPONSES : 1 : Pierre Dac / 2 : *Babette s'en va-t'en guerre* / 3 : le Parti d'en rire / 4 : Lino Ventura / 5 : *La Grande Bouffe*

VRAI OU FAUX ?

❶ La première femme que l'on voit à l'écran (et qui parle) est Patricia ?

❷ Sur la boîte de biscuits Bornéo il est marqué « aux pépites de chocolat » ?

❸ Lors de la surprise-partie, Antoine Delafoy porte une veste à rayures ?

❹ La tapisserie de la chambre de Fernand Naudin est composée d'oiseaux ?

❺ Fernand Naudin met l'argent des Volfoni dans une boite de gâteaux ?

❻ Le télégramme est expédié par Henri (pour Fernand) depuis Paris ?

❼ Tomate est tué par Pascal et Bastien ?

❽ La dernière image du film est une voiture en feu ?

RÉPONSES : 1 : vrai / 2 : faux (« aux grains de chocolat ») / 3 : faux (à carreaux) /4 : faux (de personnages champêtres) / 5 : faux (dans un cartable) / 6 : faux (depuis Rueil-Malmaison) / 7 : vrai (même si ce n'est pas monté à l'écran) / 8 : faux (c'est une image de l'horloge de l'église)

RÉPLIQUES À COMPLÉTER

❶ **Adolphe-Amédée Delafoy :** « Voyez-vous, cher Monsieur, rien ne vaut ces vieilles demeures de familles avec ces ______ où nous avons joué enfants.. »

❷ **Raoul Volfoni :** « Moi, quand on m'en fait trop, je correctionne plus, je dynamite, je disperse, je ______. »

❸ **Le chauffeur de taxi :** « Nous dans le métier, les ruptures, les retrouvailles, toutes les ______ de la fesse, on préfère pas s'en mêler. »

❹ **Patricia :** « Le bachot sans relation, c'est la charrue sans les bœufs, le tenon sans la ______, une nièce sans son petit oncle. Bref, c'est rien. »

❺ **Fernand Naudin :** « La vérité m'oblige à te le dire : ton Antoine commence à me les briser ______ ! »

RÉPONSES : 1 : greniers / 2 : ventile / 3 : fluctuations / 4 : mortaise / 5 : menues

EN AVANT LA MUSIQUE

La musique est très présente dans *Les Tontons flingueurs*. Pas seulement l'accompagnement de notes inoubliables, mais aussi la musique moderne grâce à Antoine Delafoy qui en est friand, même s'il a du mal à faire partager ses goûts à ces messieurs les Tontons.

❶ Le métier d'Antoine ?

Abstracteur — Artiste lyrique

Compositeur — Percussionniste

❷ Son musicien favori ?

Lulli — Vivaldi — Verdi — Corelli

❸ Les objets sur les murs de son appartement ?

Partitions musicales — Portraits de musiciens

Instruments de musique — Affiches de concerts

❹ Les appareils dont il se sert ?

Magnétophones — Machines à écrire

Dictaphones — Imprimantes

❺ Le surnom que Fernand donne à tout cet appareillage ?

Bazar infernal — Casseroles intempestives

Instruments de ménage — Cacophonies putassières

❻ Que s'apprêtait à « toucher » Antoine avant l'arrivée de Fernand ?

Le nirvana musical — L'anti-accord absolu

La note fatidique — Le point de non-retour

RÉPONSES : 1 : compositeur / 2 : Corelli (et ses sonates) / 3 : instruments de musique / 4 : magnétophones / 5 : instruments de ménage / 6 : l'anti-accord absolu

ÉGLISE

Tout est bien qui finit bien. En l'occurrence le film finit par un mariage. Pas celui en civil devant Monsieur le Maire, mais le religieux, devant le curé. On peut y inviter du beau monde et assister à une émouvante cérémonie à peine perturbée par une explosion extérieure.

❶ Qui se trouve juste derrière Patricia et Antoine en entrant dans l'église ?

....

❷ Qui porte un chapeau en entrant dans l'église ?

....

❸ De gauche à droite : dans quel ordre sont agenouillés les cinq Tontons à l'église ?

....

❹ Qui se tient la tête ?

....

❺ Qui se signe en entrant dans l'église ?

....

❻ Qui tient le bras d'Antoine en entrant dans l'église ?

....

RÉPONSES : 1 : les enfants de chœur / 2 : personne ! Fernand tient le sien entre ses mains / 3 : Fernand Naudin ; Me Folace ; Jean ; Raoul Volfoni ; Paul Volfoni / 4 : Paul Volfoni / 5 : Pascal et Bastien / 6 : une dame (probablement sa mère)

VIVE LA MARIÉE

Le grand moment tant attendu : Patricia épouse Antoine et vice-versa. Même les cloches sont de la fête. Certes, Théo perturbe la cérémonie mais ne dit-on pas : « Mariage dangereux, mariage heureux » ?

❶ L'heure du mariage d'après Fernand ?

9 heures — 10 heures — Midi — 13 heures

❷ L'heure du mariage d'après l'horloge de l'église ?

3 heures — 5 h 30 — 6 h 30 — 7 heures

❸ Avec qui bavarde Jean ?

Me Folace — Raoul — Paul — Adolphe Delafoy

❹ Le nom de l'acteur que salue Lino Ventura devant l'église ?

Daniel Gélin — Paul Frankeur — Paul Meurisse — André Pousse

❺ Le premier mot du chant religieux ?

Alléluia — Gloria — Ave (Maria) — Adeste

RÉPONSES : 1 : 10 heures / 2 : 6 h 30 (mais l'horloge est sûrement détraquée !) / 3 : Adolphe Delafoy / 4 : Paul Meurisse / 5 : Gloria

NUMÉRO 27

Le 27 novembre 1963 est le jour de sortie des *Tontons flingueurs* mais d'autres événements se déroulèrent ce jour-là : le Président américain, Lyndon B. Johnson s'adresse au Congrès pour annoncer qu'il ne s'écartera pas du programme de son prédécesseur ; Bruce Lee fête son 27e anniversaire ; une alerte au choléra est lancé à Kuala Lumpur (Malaisie) ; *She Loves You* des Beatles est n°1 en Grande-Bretagne ; Monaco affronte l'Inter de Milan en 8e de finale de la Coupe d'Europe ; Johnny Hallyday pose devant des photographes pour la promotion de son film *Cherchez l'idole* ; *Oui ou non avant le mariage* (avec Jack Lemmon) est premier au box-office américain ; en France la grève des trains commence à 20 heures ; il ne reste que 28 jours pour trouver un cadeau de de Noël...

DES TONTONS HAUTS EN COULEURS

En 1992, Gaumont proposa une version colorisée du film, destinée en premier lieu au marché des cassettes VHS. Le film ayant été tourné en noir et blanc, de même pour la quasi-totalité des photos de tournage, il fallut « imaginer » les couleurs à la fois des costumes et des décors. Le travail fut effectué par une entreprise de San Diego (Californie), l'American Film Technologies, mais le résultat fut peu concluant. Les Tontons appartiennent bel et bien au noir et blanc.
Toute une époque !

GÉNÉRIQUE DE FIN

À quoi sert un générique de fin ? À placer les noms et les informations que l'on n'a pas réussi à caser dans le générique de début. Mais si l'on est plus ou moins obligé de lire le générique de début, pratiquement personne ne s'intéresse à celui de fin. La preuve ? Répondez à ces questions :

❶ Combien de noms d'acteurs et d'actrices sont cités dans ce générique ?

....

❷ Quel est le nom du bowling ou ont été tournées les scènes du film ?

....

❸ Quel est le nom de la firme allemande qui a coproduit le film ?

....

❹ Quel poste occupe Mireille de Tissot ?

....

❺ Quel est le nom de la script-girl ?

....

❻ Quel poste est occupé par deux femmes ?

....

RÉPONSES : 1 : 8 / 2 : bowling de la Matene (Fontenay-sous-Bois) / 3 : Corona Filmproduktion (Munich) / 4 : régisseur général / 5 : Françoise Hellmann / 6 : le montage : Michelle David assistée de Gina Pignier

QUESTION FINALE
ET NÉANMOINS SUBSIDIAIRE

À quel moment du film
voit-on ou entend-on le mot

EMAIL ?

RÉPONSE : Désolé, la réponse n'est pas fournie… Bon amusement !

UN OUVRAGE QUI DYNAMITE FAÇON PUZZLE TOUT CE QUE L'ON PENSAIT SAVOIR SUR *LES TONTONS FLINGUEURS* !

Grâce à lui, vous allez enfin tout, mais alors vraiment TOUT savoir sur *Les Tontons flingueurs*.

Achevé d'imprimer en octobre 2023
dans les ateliers de Normandie Roto Impression s.a.s.
61250 Lonrai (Orne)
N° d'impression : 2304584
Dépôt légal : novembre 2023

Imprimé en France